Editions Porte-Bonheur

MONTRÉAL

LES CLOWNS VENGEURS

Concertos
pour Odi-menvatt

DU MÊME AUTEUR

Michel J. Lévesque

LES CLOWNS VENGEURS

Concertos pour Odi-menvatt

Ṕ
b

Éditions Porte-Bonheur

Les Éditions Porte-Bonheur

Une division des Éditions du Cram Inc.
1030, rue Cherrier, bureau 205
Montréal (Québec) Canada H2L 1H9
Téléphone : 514 598-8547
Télécopie : 514 598-8788

www.porte-bonheur.ca

Conception graphique et illustration de couverture
Alain Cournoyer

Dépôt légal – 1er trimestre 2012
Bibliothèque et Archives nationales du Québec
Bibliothèque nationale du Canada

Copyright 2012 © Les Éditions Porte-Bonheur

Gouvernement du Québec — Programme de crédit d'impôt pour l'édition
de livres — Gestion SODEC. Les Éditions Porte-Bonheur sont inscrites
au programme de subvention globale du Conseil des arts du Canada.
Nous reconnaissons l'aide financière du gouvernement du Canada
par l'entremise du Fonds du livre du Canada pour nos activités d'édition.

Conseil des Arts
du Canada

Canada Council
for the Arts

Société
de développement
des entreprises
culturelles

Patrimoine
canadien

Canadian
Heritage

Catalogage avant publication de Bibliothèque et
Archives nationales du Québec et Bibliothèque et Archives Canada

Lévesque, Michel J.
        Concertos pour Odi-menvatts
        (Les clowns vengeurs)
        Pour les jeunes de 14 ans et plus.
        ISBN 978-2-922792-99-7
        I. Titre.
PS8623.E946S66 2012   jC843'.6   C2012-940469-1
PS9623.E946S66 2012

Imprimé au Canada

« La crainte suit le crime,
et c'est son châtiment. »

VOLTAIRE

CHAPITRE 1

Fais ton devoir, fils !

— Bonjour père, lui dit-il en traversant le salon.

Le patriarche ne prit pas la peine de le saluer. Il lui fit signe de s'installer en face de lui, sur un vieux canapé usé. L'homme obéit.

— Ta santé s'est améliorée ? demanda le fils une fois assis.

Le vieil homme n'émit qu'un grognement.

— Tu es certain que ça va, père ?

— À combien de requêtes as-tu répondu ce mois-ci ?

Le fils sourit : décidément, son père et lui en revenaient toujours à cette question.

— Quinze, répondit-il.

— Combien de mises à mort ?

— Douze.

Le vieillard approuva d'un signe de tête.

— C'est bien.

Les deux hommes n'échangèrent plus un mot pendant de longues minutes. Ça se passait régulièrement comme ça entre eux : soit ils discutaient boulot, soit ils entretenaient le silence.

— Quand te décideras-tu à passer enfin chez les meschikhâs ? demanda finalement le vieux.

Le fils secoua la tête.

— Ça n'est pas pour moi.

— Tu ne pourras pas demeurer menvatt toute ta vie, poursuivit le père. Tu as du talent. Tu as le potentiel pour faire un excellent infiltrat. Les anciens le savent. Ils m'en ont parlé. Ils veulent te convertir.

— Les meschikhâs ne sont que des esclaves, père…

— C'est faux! Ils ont l'honneur de servir le Grand Odi, ainsi que le gouvernement illégitime.

— Je sers déjà très bien Odi. Et je suis un fidèle partisan de notre gouvernement

— Ça ne suffit pas! s'écria le père en donnant un coup sur le plancher de bois avec sa canne en or. L'un d'entre nous doit y parvenir. C'est l'honneur de la famille qui en dépend!

— Je ne crois pas, non…

— Promets-moi que si je meurs, tu t'occuperas de restaurer l'honneur de la famille.

— Pourquoi mourrais-tu? Et qu'est-ce qui ne va pas avec l'honneur de notre famille?

— Promets-moi, c'est tout.

— Si ça veut dire devenir meschikhâs, je ne peux pas.

— Tu feras ce que je t'ordonne! Je suis un maître Odi-menvatt!

— Je le suis aussi, père…

— Tu seras meschikhâs. Il en a été décidé ainsi. Je leur ai promis mon fils aîné.

— C'est impossible… J'ai une fille.

Les yeux du vieil homme s'écarquillèrent. Sa bouche s'entrouvrit légèrement et ses jointures se mirent à blanchir lorsqu'il serra le pommeau de sa canne entre ses doigts noueux.

— Personne n'est au courant, précisa le fils. Nous avons préservé le secret.

— Qui est ce « nous » ?

— Raphaëlle et moi.

— Raphaëlle ?

— Raphaëlle Lima.

Le père fronça les sourcils.

— Tu veux dire que…

— Elle m'a beaucoup aidé, oui.

Un nouveau coup de canne résonna sur le plancher.

— Espèce de vieille folle !

— Père…

C'est à cet instant que la porte d'entrée vola en éclats. Trois ombres masquées pénétrèrent à l'intérieur du logis biotope et se positionnèrent de façon à entourer les deux hommes. Ils étaient armés de lourds démembreurs de type panzer.

— Vous êtes en état d'arrestation ! hurla l'une des ombres.

Le fils les reconnut aussitôt : ces hommes étaient des arcurides et faisaient partie des forces occultes du G.L., le gouvernement légitime.

— Attendez, dit le vieil homme.

Il s'appuya sur sa canne et essaya de se lever.

— Restez assis, vieillard ! ordonna l'un des arcurides.

Le vieil homme se laissa retomber sur son fauteuil, sans opposer de résistance.

— Que nous voulez-vous ? demanda-t-il.

Les arcurides éclatèrent de rire.

— Vous le savez très bien, déclara l'un d'entre eux sur un ton autoritaire. Nous venons chercher le menvatt.

— Le menvatt ? répéta le père en feignant la surprise.

Les canons des démembreurs se tournèrent vers le fils.

— John Lithargo, maître Odi-menvatt de premier niveau, vous êtes en état d'arrestation ! déclara l'arcuride qui semblait diriger la brigade.

Deux ligoteurs magnétiques se déployèrent. Leurs tentacules électroniques allèrent s'agripper au menvatt et se resserrèrent autour de lui. Lithargo songea qu'il serait certainement parvenu à se débarrasser d'un ligoteur... mais de deux, c'était impossible.

— Il n'y a aucun menvatt ici, déclara le père.

Nouvel éclat de rire.

— Ferme-la, vieillard ! Lithargo est l'un des plus dangereux menvatts qui aient jamais existé. Sa tête est mise à prix depuis longtemps.

L'arcuride qui avait parlé plaça un lecteur de courriels holographiques sur le canapé, aux côtés de Lithargo. Il l'activa, puis s'éloigna. Le projecteur s'alluma et le visage d'un homme mince, aux traits agréables, se matérialisa au-dessus de l'appareil. Une fine raie séparait ses cheveux sur le côté. Il parla d'une voix chantante :

«*Bon matin, John. On ne s'est jamais rencontrés, tous les deux, mais on se connaît, n'est-ce pas ?* (Les Lithargo, père et fils, reconnurent immédiatement le premier ministre Roddlar Siberfax, dirigeant suprême du Cinquième Continent.) *Je suppose que ton vieux père est aussi présent, étant donné que nous sommes chez lui en ce moment. Je suppose aussi que des démembreurs sont pointés sur toi et qu'un*

12

couple de ligoteurs te retiennent prisonnier entre leurs délicats appendices. (Siberfax s'arrêta et se mit à rire.) *Tu vas mourir, John. Mais je voulais que tu me voies une dernière fois avant de disparaître pour de bon. Je voulais que tu voies le visage de celui qui t'a pris. Ton père aussi va mourir. N'a-t-il pas été Odimenvatt lui aussi ? Nous n'avons jamais pu établir aucun lien entre lui et l'Ordre et nous n'avons donc aucune preuve contre lui. Mais qui s'en plaindra de toute façon ? Il mourra à tes côtés. Deux générations de clowns vengeurs disparaîtront aujourd'hui. Une lignée de punisseurs s'éteindra, ce qui n'est rien pour nuire à notre cité.* »

Les arcurides armèrent leur démembreurs. Deux d'entre eux restèrent braqués sur le fils, tandis que le dernier fut pointé sur le père. «*À mon commandement…*» ordonna le visage en trois dimensions du premier ministre Siberfax.

— Attendez! s'écria un des arcurides.

À la surprise générale, le chef des arcurides se tourna vers l'un de ses équipiers et lui envoya une décharge de démembreur en plein visage. Ce dernier s'écroula au sol, la boîte crânienne écrasée comme un fruit pourri, le cou et les épaules disloqués. L'arcuride pointa ensuite son arme sur le troisième membre de son équipe, mais il était trop tard : ce dernier avait déjà fait feu en direction du vieillard.

Toutefois, le vieux Lithargo avait usé avec ruse de ses dernières forces : les pieds bien à plat sur le sol, il avait poussé avec ses jambes, puis exercé une forte pression avec son dos sur le dossier du fauteuil, qui avait basculé avec lui vers l'arrière, lui permettant d'éviter le tir qui alla éventrer une partie du vieux buffet se trouvant dans la salle à manger. Le chef des arcurides fit feu à son tour et atteignit son deuxième homme au thorax et au bassin. Le corps de ce dernier se scinda en cinq morceaux – tête, bras et jambes – qui allèrent s'éparpiller dans tous les coins, ne laissant au centre de la pièce qu'un tronc ensanglanté.

— Qui êtes-vous ? demanda le fils Lithargo en tentant de se débarrasser des ligoteurs magnétiques.

L'homme vint lui donner un coup de main.

— Mon nom est Francis. Je suis un infiltrat Odimeschikhâs.

Lithargo l'examina d'un œil suspicieux.

— Comment avez-vous fait pour usurper l'identité d'un arcuride ?

Francis réussit à désactiver le deuxième ligoteur en utilisant sa clé digitale.

— Les meschikhâs sont des spécialistes de l'infiltration, maître Lithargo. Et je suis le meilleur.

La voix du meschikhâs était neutre, sans intonation. Il donna un démembreur de poing à Lithargo, puis se dirigea vers le vieil homme qui essayait de se relever.

— Laissez-le, dit le fils Lithargo. On le laisse ici !

Le meschikhâs s'immobilisa, surpris par la réplique du menvatt. Il souhaitait réellement abandonner son père ici ?

— Mais pourquoi ?

— Il m'a trahi, répondit Lithargo.

Le vieil homme était parvenu à se mettre sur ses genoux. Sa canne en or reposait à un mètre de lui.

— Je suis désolé, John, dit-il en tentant d'atteindre le pommeau de la canne.

Le fils Lithargo donna un coup de pied sur la canne et la fit disparaître sous le canapé. Il pointa le démembreur sur son père et l'activa.

— Tu as prévenu Siberfax et ses hommes. Tu leur as dit que je venais aujourd'hui…

Le vieil homme baissa la tête. Il était à genoux devant son fils. Le canon d'un démembreur était pointé sur lui.

— Ils ne m'ont pas laissé le choix, John. Ils… Ils m'ont implanté un détonateur cardiaque. Te prévenir m'aurait… m'aurait coûté la vie. Sans parler de…

— Je vais te tuer, père.

— Oui, je sais, mais prends garde : je suis un maître Odi-menvatt Honoré. Pense à ton avenir, John. Camoufle ton délit ; sinon l'Ordre te bannira pour toujours !

— Pourquoi ? demanda le fils en raffermissant sa prise sur la crosse de l'arme. Pourquoi as-tu agi avec tant de couardise ? Ce n'est pas digne d'un menvatt !

Le vieil homme essaya de se relever, mais Lithargo le força à demeurer accroupi.

— Je te le répète : je n'ai eu aucun choix. Siberfax avait promis qu'il ne te tuerait pas ! John, il y a… Il y a un deuxième détonateur cardiaque !

— Un deuxième détonateur ?

— Je ne peux pas parler davantage…

Le fils inspira profondément.

— Très bien, alors tu mourras.

— John… Je savais pour ta fille. Siberfax m'avait prévenu.

— Ils savent pour Pénélope ?

— Je ne peux pas en dire plus. Si je parle davantage, le détonateur cardiaque fera exploser mon cœur… et celui de ta fille.

— Quoi? Ils ont implanté un détonateur cardiaque dans le cœur ma petite?

— Pour être absolument certain que je ne parlerais pas.

Le visage de Lithargo s'assombrit. Son père secoua la tête pour démontrer son impuissance; il ne pouvait en dire plus.

— Tu as raison, dit-il à son fils d'une voix mal assurée, j'ai manqué au code menvatt… Administre-moi le châtiment.

John hésita un moment

— Fais ton devoir, fils! ordonna le vieux menvatt avec sa fougue d'autrefois.

John acquiesça, puis appuya sur la détente. La carcasse ramollie et fragile du vieil homme ne résista pas au rayon du démembreur; son corps se brisa et sa peau molle se déchira, laissant apparaître ici et là des bouts d'os saillants. Sa tête se renversa et il alla choir au sol, tel un pantin désarticulé.

Francis s'agenouilla aussitôt près des restes du vieillard et les examina.

— C'était votre père, dit-il.

— C'était avant tout un menvatt.

Le meschikhâs secoua la tête.

— La loi interdit d'éliminer un menvatt Honoré, protesta-t-il.

— Il a enfreint notre code de bienséance.

— Mais vous avez vous-même enfreint ce code, n'est-ce pas? Votre père n'a-t-il pas dit qu'il savait à propos de votre fille? Vous savez très bien que les membres de notre ordre ne peuvent avoir d'enfants de sexe féminin! C'est proscrit!

En un mouvement brusque, presque instinctif, Lithargo leva son arme et la braqua sur le meschikhâs. Celui-ci eut tout juste le temps de prononcer deux mots :

— Vous ne…

Lithargo, n'hésitant pas une seconde, fit feu en direction du meschikâs. Francis ne put esquiver le rayon. Tout le côté gauche de son corps fut retranché. Il tenait en équilibre sur une seule jambe lorsque Lithargo l'acheva avec une dernière décharge, à la hauteur du ventre. Le meschikhâs fut littéralement coupé en deux. Les deux parties de son corps tombèrent au sol dans un bruit sourd.

Je suis désolé, Francis, pensa le menvatt. *Mais personne ne m'enlèvera ma fille. N'est-il pas dit que la mort est une délivrance pour les infiltrats meschikhâs? Je te souhaite bien du plaisir là-haut, mon frère.*

CHAPITRE 2

Dissidence

— Votre inertie est inacceptable! lança John Lithargo en écrasant son poing sur le pupitre devant lui. Nous devons réagir, et vite!

Tous les membres de l'assemblée de tournèrent vers lui, y compris Tom Thibey et Al Gramal, ses deux compagnons.

— Nous avons fait tout ce qui était en notre pouvoir, répondit l'un des représentants.

Lithargo prit une profonde inspiration. L'Ordre Odi-menvatt lui accordait son support depuis longtemps. Il ne lui restait qu'à convaincre les représentants du Cercle Opposite. Tâche ardue, s'il en était une.

— Ne rejetons pas aussi aisément l'option diplomatique, déclara un autre représentant. Des pourparlers sont en cours et…

— Des pourparlers? répéta Lithargo en exagérant sa surprise. Ne me dites pas que vous êtes naïfs au point de croire que les ministres prendront nos requêtes en considération?

Le Grand Coryphée du Cercle Opposite s'adressa directement au représentant des menvatts. Sa voix caverneuse résonna comme un coup de tonnerre dans l'auditorium :

— Surveille tes paroles, John Lithargo! dit-il. Tu ne trouveras aucun ami ici si tu persistes à provoquer la controverse!

— Ce ne sont pas des amis que je cherche, mais des alliés, rétorqua aussitôt Lithargo.

Gramal lui saisit le bras et le serra. Le message était clair : «*Calme-toi, frère, sinon nos efforts n'auront servi à rien.*» Lithargo lui lança un regard impatient et retourna à son micro baladeur :

— Vous ne comprenez pas, leur dit-il à tous. Les infiltrats messianiques nous l'ont confirmé : le gouvernement de Roddlar Siberfax s'apprête à annexer les cités de l'Est.

— J'ai eu vent de ce rapport des meschikhâs, dit un représentant. Selon nos sources, ils datent de plusieurs mois déjà.

— Raison de plus de s'inquiéter, répliqua Lithargo. Ils peuvent décider d'envahir le Sud à tout moment.

— Balivernes! s'écria un autre représentant. Des preuves! Nous voulons des preuves!

Des murmures d'approbation se firent entendre dans les rangs.

— Il nous avait prévenus, dit Thibey.

Lithargo, Thibey et Gramal étaient venus seuls, malgré les conseils de leur maître, l'Odi-menvatt Beni Karnivell : «Vous perdez votre temps. Ils ne vous écouteront pas. Le Cercle Opposite est composé de politiciens. Depuis quand courage et politique vont-ils de pair? Rappelez-vous : il est beaucoup plus rassurant pour eux de défendre leur conception erronée du monde que d'envisager une confrontation possible avec le gouvernement et les forces punitives.» Et c'était bien ce qui se produisait en ce jour d'audience spéciale.

— Nous avons besoin de votre aide, insista Lithargo en dernier recours.

Les murmures cessèrent. Les représentants s'échangèrent des regards incertains. Apparemment, personne n'osait répondre. Personne à part le Grand Coryphée. Il se leva, écarta les bras et s'exprima dans l'ancienne langue Odi : « *Karvessa oda mith...* (Nous comprenons votre détresse...) *...hidd kom oda norno fedd* (...mais nous jugeons qu'elle n'est pas justifiée.) *Doh Blax jerement ode mesh norni humas in oda, nobi no eske oda-us Oppos Cir...* (Le gouvernement de notre ami Siberfax ne fait pas l'unanimité parmi nous, ce qui est normal, car nous représentons le Cercle Opposite...) *... hidd norno epak ode desfarr apar Miheur Minir...* (...mais cela ne veut pas dire qu'il nous faille exiger la destitution du premier ministre dès aujourd'hui...)

Lithargo interrompit le discours du Coryphée, conscient qu'il enfreignait le code de bienséance :

— Plus nous attendons, plus il sera difficile de le déloger. Ses partisans sont de plus en plus nombreux au sein de la guilde des hommes. Les gentilés des cités du Nord lui sont favorables, tout autant que ceux de la Cité Blanche...

Une voix anonyme se fit entendre parmi les représentants : «Comment ose-t-il!» puis une autre : «Qu'on le fasse taire une fois pour toutes!»

— John Lithargo! cria l'un des représentants responsables de la discipline, vous êtes condamné au silence provisoire pour inconvenance.

— Ce que j'ai à dire est très important, protesta Lithargo.

— Suffit! Garde, procédez!

Un jeune garde du Cercle s'approcha du menvatt et souda sur sa tempe un disjoncteur lingual (le garde avait agi avec une étonnante précaution, nota Lithargo. On lui avait sans doute conseillé de se montrer prudent avec les Odi-menvatts et de ne pas sous-estimer leurs habiletés «particulières».

Les 200 représentants du Cercle Opposite se levèrent et quittèrent l'auditorium. Des chuchotements réprobateurs à l'endroit de Lithargo accompagnèrent leur progression vers les nombreuses sorties situées de chaque côté de l'immense salle.

— Allez, viens, dit Thibey en tirant sur son compagnon.

Lithargo hocha la tête et suivit Thibey et Gramal jusqu'à l'extérieur. Une fois parvenu au centre de la grande place, il arracha le disjoncteur lingual et le jeta dans une bouche d'égout.

— Tu es fou! Ils pourraient te voir! murmura Gramal entre ses dents serrées.

— Laisse-le faire, dit Thibey.

— Mais il est illégal de retirer ainsi un disjoncteur...

Thibey lança un regard déconcerté à son compagnon :

— Qu'est-ce qui te prend, Gramal? Depuis quand s'inquiète-t-on de respecter leurs lois?

D'un geste brusque et concis, Lithargo interrompit leur conversation et fit signe à Thibey de lui arracher l'implant bioélectronique qui commençait à se forer un passage dans sa tempe.

— Ça va faire mal, le prévint Thibey, même s'il savait que son compagnon avait l'habitude de ce genre d'extraction. Tu es prêt?

Lithargo hocha la tête. Il n'en fallut pas plus pour que Thibey serre l'implant entre ses doigts et l'extirpe de la tempe percée. L'implant gigota un moment entre ses doigts, puis se figea ; privé de chair et de sang, les petits excavateurs électroniques n'arrivaient plus à faire correctement leur boulot.

La langue de Lithargo se délia à peine quelques instants plus tard. Ses premiers mots furent :

— Saleté de disjoncteurs !

Les deux autres se retinrent pour ne pas pouffer de rire.

— J'ai la mâchoire sacrément engourdie, ajouta-t-il en se massant les joues.

— Le vieux avait raison, dit Gramal. Ils n'ont rien écouté.

— Fallait s'y attendre, déclara Thibey.

Lithargo essuya le sang qui coulait de sa tempe.

— Je n'en ai pas terminé avec ces vieux débris, dit-il. Ne sommes-nous pas des menvatts, mes amis ? S'il me faut obtenir des requêtes pour chacun d'eux, et bien je m'arrangerai pour les avoir.

Gramal se tourna vers lui.

— Tu es sérieux ?

— Jamais été aussi sérieux.

Un lourd silence plana sur les trois hommes. Les projets de Lithargo pouvaient avoir de fâcheuses conséquences. Il en allait de la vie de plusieurs hommes. Gramal était plutôt conservateur, il ne supporterait pas une telle initiative. Quant à Thibey, c'était différent : il était le meilleur ami de Lithargo. Il le suivrait jusque dans les bas fonds de Mirage-Sud s'il le fallait.

— Ça signifie qu'on va pouvoir ressortir nos costumes de carnaval, pas vrai ? lança Thibey pour détendre l'atmosphère.

Voyant que ses compagnons ne se déridaient pas, il les prit tous les deux par les épaules, les serra contre lui et leur demanda :

— Alors, on va boire un coup pour fêter ça ?

CHAPITRE 3

Elie

Le premier homme qu'elle rencontra sur le débarcadère la frappa au visage : « Petite sotte ! Personne ne t'a jamais dit qu'il fallait baisser les yeux lorsqu'on croise un député mâle ? » Elle s'était agenouillée et s'était mise à pleurer. Sa mère l'avait prévenue : les habitants des cités du Nord étaient beaucoup plus dangereux que ceux du Sud. Le taux de criminalité était beaucoup plus élevé au Sud, mais le Nord regorgeait de citadins misogynes et cruels, qui n'hésitaient pas à réduire leurs femmes en esclavage.

— Les hommes, là-bas, sont moins tolérants que les nôtres, lui avait dit sa mère. Ils sont violents et sans pitié. Ils ont été éduqués comme tel : aucune femme n'est autorisée à leur tenir tête. Tu sauveras ta vie si tu trouves la force de te soumettre humblement, ma fille. Souviens-t-en.

— Et les arcurides ? lui avait demandé Elie, les yeux pleins d'espoir. Ne sont-ils pas là pour nous protéger ?

— Les forces punitives sont dirigées *par* des hommes, *pour* des hommes. La principale tâche des arcurides et des légiokhans est de défendre les députés et les ministres du gouvernement. Depuis toujours, ils négligent la population. Ne leur fais surtout pas confiance.

— Sont-ils moins méchants que les autres hommes?

Sa mère avait secoué la tête en soupirant.

— Au contraire, ma chérie. Ce sont les pires d'entre tous.

Elie sécha ses larmes et se releva. L'homme qui l'avait giflée était parti. Elle regarda autour d'elle – tout en s'assurant que personne ne l'observait – et examina chacun des recoins du débarcadère : tout était propre. Trop propre. Le plancher et les murs étaient trop luisants. Les gens étaient trop bien habillés; les enfants, trop silencieux. Les hommes affichaient une froideur oppressante, tandis que les femmes marchaient la tête basse et le dos voûté. Quelque chose d'impur, de vil, se mêlait à l'air purifié. Elle se sentait prise au piège; on l'avait enfermée dans cette prison aseptisée sans qu'elle puisse y faire quoi que ce soit. Son père ne lui avait laissé aucun choix : il avait exigé qu'elle abandonne les cités du Sud pour celles du Nord : «comme toute jeune femme qui se respecte», avait-il précisé. Ses chances de trouver du travail (et peut-être un mari citadin) étaient meilleures là-bas.

On lui avait dit de se présenter à la porte 511 dès son arrivée. Elle tira sur son bagage et tenta de se frayer un chemin (tête penchée pour éviter le regard sévère des hommes) entre les vagues déferlantes de voyageurs qui débarquaient des derniers arrivages en provenance de Mirage-Sud. Le bruit assourdissant produit par les réacteurs des navettes S.P.E.E.K.

résonnait derrière elle. Pas un instant elle ne songea à se retourner : elle fonçait droit devant, sachant qu'il lui fallait atteindre la porte numéro 511 le plus rapidement possible, avant de se voir confrontée à l'intransigeance d'un autre citadin.

Elle progressait relativement bien, selon sa propre évaluation. Elle s'arrêta au centre du grand hall, entre deux attroupements de touristes, et examina les différentes stations. Un peu plus haut, sur sa droite, elle aperçut les chiffres holographiques 5-1-1 qui s'illuminaient de façon intermittente. Elle se mit à respirer un peu mieux ; un recruteur l'attendrait sûrement là-bas – du moins, l'espérait-elle. Qui d'autre pourrait venir l'accueillir ici ? Son nouveau maître ? Peu probable. Les citadins accordaient généralement peu d'importance à leurs domestiques, qu'ils soient originaires du Sud ou non.

Elle contourna les différentes files d'attente, puis arriva finalement devant la station 511. Son nom apparaissait en lettres lumineuses au centre d'une petite affiche électronique plantée sur un trépied. Derrière celle-ci attendait un grand homme chauve. L'impatience se lisait sur son visage.

— C'est moi, lui dit-elle, heureuse de s'être enfin extraite de la marée humaine.

L'homme n'était pas un recruteur. Il portait l'uniforme noir des arcurides, ainsi qu'un large ceinturon de cuir auquel était accroché un démembreur et des recharges d'explosifs fractionnels. Elie examina ses traits plus en détail et remarqua qu'un poignard était tatoué sur sa joue droite, signe distinctif des arcurides. Il correspondait à la description de son nouveau maître.

— Tu es Elie Eschmak? lui demanda l'homme. Fille d'Echo Eschmak?

Elle esquissa un sourire, puis hocha la tête. Son maître avait pris la peine de venir la chercher. Elle considéra cette initiative comme étant de bon augure.

— Il y a plus de 30 minutes que je t'attends, dit l'homme avec une dureté qui fit disparaître le sourire de la jeune femme. Allez, viens.

Il la prit par le bras et l'entraîna vers un immense couloir en forme de tunnel dans lequel s'engouffraient la plupart des nouveaux arrivants, et qui menait vraisemblablement à l'extérieur.

— Vous… vous êtes un arcuride, n'est-ce pas? demanda-t-elle en essayant d'ajuster la cadence de sa marche à celle de l'homme pour ne pas tomber.

Il ne répondit pas.

Tu n'as rien trouvé de mieux à lui demander? se dit-elle. *Bien sûr qu'il fait partie des forces arcurides, idiote!*

Un patrouilleur S.P.E.E.K. les attendait à la sortie de l'aérogare. L'accès au cockpit était libéré et les réacteurs étaient en marche. Ne manquaient plus que le pilote et le passager. Elie sut tout de suite que ces places leur étaient réservées.

— Monte! ordonna l'arcuride.

Elle obéit avec empressement, jugeant qu'il valait mieux commencer dès maintenant à se montrer docile. L'homme la suivit à bord de l'appareil, prit place sur son siège et se mit à appuyer sur différents boutons du tableau de bord. Sans doute préparait-il le décollage.

— Est-ce que vous êtes mon maître? lui demanda-t-elle.

Encore une fois, le silence absolu. Peut-être n'était-elle pas assez importante à ses yeux pour mériter une réponse. Elle insista tout de même :

— Monsieur... Je...

— Je ne suis le maître de personne, répondit-il avec irritation.

— Mais qui...

— Ferme-la ! la coupa l'homme sur un ton sans réplique.

Elie acquiesça gauchement, à la fois surprise et intimidée par la rudesse de l'homme. Elle détourna le regard et le fixa sur les hautes tours d'habitation biotope qui défilaient à travers la vitre du cockpit. Un silence de mort régna pendant tout le reste du trajet.

Le vol dura près de 30 longues minutes. Ils survolèrent plusieurs quartiers résidentiels avant que l'homme ne se décide enfin à poser l'appareil sur le toit de l'une des plus grandes tours d'habitation. Une fois l'appareil stabilisé, il appuya sur une nouvelle série de boutons : les voyants du tableau de bord s'éteignirent et la porte coulissante du cockpit glissa sur son rail magnétique. L'air froid et sec pénétra aussitôt à l'intérieur de l'habitacle.

L'homme agrippa le bagage d'Elie, le lança par l'ouverture et bondit hors du patrouilleur. Une fois à l'extérieur, il fit signe à la jeune femme de se dépêcher et, sans attendre, prit immédiatement la direction de l'ascenseur de service. Elie quitta l'appareil, ramassa son sac et s'élança à la suite de l'homme. De puissantes bourrasques de vent la poussaient de tous les côtés. À mi-distance, elle fut projetée par terre par une rafale qui lui coupa les mollets. À quatre pattes, elle releva la tête et jeta un coup d'œil en direction de l'homme. Il ne bougeait pas. Ses traits affichaient toujours la même indifférence. Il attendit qu'elle se soit relevée avant d'aller se réfugier dans l'ascenseur pour se protéger du vent. Elie le gratifia d'un sourire (pour s'excuser de sa maladresse) avant de reprendre la marche. Une fois encore, la voix de sa mère résonna dans son esprit : «*Ne t'attends à aucune galanterie de leur part. Ce sont de rustres personnages.*

— *Pourquoi autant d'hostilité ? avait demandé Elie.*

— *L'orgueil blessé d'un citadin mâle représente la pire des menaces! avait répondu sa mère. Les hommes du Nord et de l'Ouest n'ont jamais pardonné aux femmes d'avoir pris le pouvoir de 2112 à 2320. Tu sais comment ils ont baptisé ces deux cents ans d'administration? "Les siècles roses de la mollesse"!*»

Elie se força à avancer plus vite. Ses coudes et ses genoux lui faisaient mal; elle les examina et constata qu'ils étaient salement écorchés. Un bruit sourd retentit plus loin devant. Elle leva les yeux : les portes de l'ascenseur allaient se refermer.

— Attendez! s'écria-t-elle en balayant l'air de sa main libre. S'il vous plaît, attendez-moi!

Elle se mit à courir. La douleur et le vent rendaient sa progression difficile.

— Monsieur! supplia-t-elle en tendant sa main vers l'ascenseur.

À la toute dernière minute, l'homme passa le bras entre les deux portes coulissantes et bloqua leur glissade avec sa main et son coude. L'espace fut suffisant pour permettre à la jeune femme de se faufiler à l'intérieur de l'ascenseur.

— Pourquoi avez-vous fait ça ? lui demanda-t-elle, à bout de souffle.

Il fit un pas de côté et appuya sa main sur l'identificateur digital. La voix de l'ordinateur retentit aussitôt : «*Identification : Utah, Christopher. Niveau 82, logis 827.*»

— Monsieur Utah, insista-t-elle en voyant qu'il faisait la sourde oreille, pourquoi avez-vous fait ça ?

Il y avait une teinte de colère dans sa voix.

— Il faut se méfier du vent, répondit l'homme. Il peut vous emporter. Très loin.

— Vous auriez pu m'aider, non ?

Utah se tourna et la fixa droit dans les yeux. Ses iris étaient gris acier.

— N'emploie pas ce ton avec moi, servante du Sud, dit-il, sur un ton menaçant.

Elle eut un mouvement de recul, comme si elle avait craint que l'homme ne l'agresse. Pourtant, il n'avait pas sourcillé ; tout était passé dans son regard.

— Je… Je m'excuse, dit-elle, ne trouvant rien d'autre à répondre.

Elle serra son bagage entre ses mains, anxieuse. Que lui réservait la suite ? Christopher Utah la toisa un instant, puis s'adressa aux capteurs vocaux de l'ordinateur :

— Exécution, dit-il.

L'ascenseur se mit en marche. La cabine fut immédiatement libérée de ses entraves et plongea vers le bas à une vitesse vertigineuse ; c'était exactement comme si elle avait été lâchée dans le vide. Elie n'avait jamais éprouvé une sensation semblable ;

pendant un court instant, elle eut l'impression que ses pieds ne touchaient plus au sol. Elle laissa tomber son sac et se plaqua contre l'une des parois de la cabine.

L'ascenseur s'immobilisa tout en douceur, contrairement à ce qu'avait appréhendé Elie. Les portes s'ouvrirent et l'homme la poussa dans l'étroit couloir qui s'était substitué au décor agité du toit. Il y régnait un silence de mort. Le plafond, les murs, le tapis : tout était d'un gris terne. Utah pressait le pas derrière elle. Elle jeta un bref coup d'œil par-dessus son épaule et vit qu'il traînait son bagage. Elie en fut soulagée : ce sac contenait tous ses vêtements, mais aussi bon nombre d'objets qu'elle considérait comme étant fort précieux : un holocliché de son frère et de sa sœur, un telcom à usage unique (« Il ne fonctionnera qu'une fois, lui avait dit son frère. Ne t'en sers qu'en cas d'urgence »), une robe de soie qu'elle avait elle-même cousue, un petit coffret contenant les dix marcus que sa petite sœur avait économisés pour elle et, finalement, un bout de papier sur lequel étaient inscrites les coordonnées d'un ami de son père, à qui elle pouvait faire appel en cas de besoin.

Une série de portes coulissantes défilaient sous ses yeux : 819, 821, 823, 825. Ils s'arrêtèrent devant l'unité 827. La porte disparut dans le mur et ils pénétrèrent dans le logement biotope. Elie remarqua que la chaleur qui se dégageait des diffuseurs s'était automatiquement adaptée à leur présence. Il se mit à faire soudain plus frais dans le vestibule et les gouttes de sueur qui recouvraient le corps d'Elie se figèrent sur elle, comme autant de cristaux de glace. Un frisson la traversa.

— Bord de mer, dit Utah.

Une petite brise aux effluves salins se leva aussitôt dans le logis. La température se réchauffa quelque peu et Elie se sentit tout de suite plus confortable.

— Tu es déjà revenu? fit une voix en provenance du corridor rattaché au vestibule.

Un homme venait à la rencontre de maître Utah. Grand et chauve lui aussi. *Un autre arcuride*, se dit Elie en apercevant le poignard tatoué sur sa joue.

— Elle est là? demanda l'homme.

Elie s'examina : son pantalon et son chemisier, en plus d'être déchirés et tachés de sang, étaient recouverts d'une sorte de boue noirâtre (conséquence de sa chute sur le toit, supposa-t-elle avec raison). De la poussière recouvrait ses mains, ainsi que ses avant-bras, et de la graisse s'était infiltrée sous ses ongles. Elle n'osait même pas s'imaginer à quoi pouvait ressembler sa coiffure.

— Avec tout ce vent…, murmura-t-elle pour elle-même.

— Elle est jolie, déclara l'homme en contournant Utah.

Ce dernier ne répondit rien, comme à son habitude.

— Mon nom est Kristo. Vous êtes Elie?

Elle hésita un moment.

— Euh, oui, c'est bien moi…

— Christopher et moi partageons ce logis. C'est moi qui ai déposé la requête.

C'était donc lui qui avait joint les recruteurs pour obtenir les services d'une servante du Sud, et non Utah.

— Alors, vous êtes…

Il hocha la tête.

— Oui, Christopher et moi sommes tous les deux tes maîtres. Mais c'est à moi que tu dois ta présence ici.

Il la détailla des pieds à la tête.

— Qu'est-ce qui t'est arrivé ? Christopher t'a forcée à escalader la tour jusqu'au 82e étage ou quoi ?

— Elle est tombée, dit Utah en les quittant pour passer au salon.

Kristo le suivit des yeux, puis revint à Elie.

— Je suppose que tu aimerais te débarbouiller la figure et enfiler des vêtements propres, n'est-ce pas ?

Elle fit signe que oui.

— Par ici, dit Kristo en invitant la jeune femme à le suivre.

Elie chercha son sac des yeux et vit qu'Utah l'avait laissé dans le couloir qui reliait le vestibule au salon. Elle l'attrapa au passage. Kristo traversa le salon, passa devant les chambres à coucher et le bureau, et lui indiqua la salle de bains : « Là-bas, tout au fond. » Elle s'y enferma aussitôt rendue. La pression qui s'exerçait sur sa poitrine diminua d'intensité dès que la porte fut verrouillée ; elle se retrouvait enfin seule, en sécurité.

— Quelle tête…, soupira-t-elle lorsqu'elle aperçut son reflet dans la glace.

Elle fit couler l'eau et s'en aspergea le visage.

Au moins y en avait-il un de sympathique, se dit-elle en repensant à la cordialité dont avait fait preuve Kristo ; il avait eu la décence de l'accueillir comme une amie – ou à tout le moins, comme une employée respectable.

Elle retira ses vêtements et se fit couler un bain chaud qui, espérait-elle, lui permettrait de se délasser quelque peu après cette pénible journée. On cogna à la porte environ 15 minutes plus tard. Elle sursauta et de l'eau tomba sur le carrelage chauffant. S'était-elle endormie? Fort probable.

— Tout va bien, Elie? fit la voix de Kristo.

Elle se dépêcha d'éponger l'eau avec une serviette à main autodéshydratante.

— Oui! Euh... tout va très bien!

— Tu as besoin de quelque chose?

— Non... m...merci.

Elle appuya sur les commandes de l'évacuateur et l'eau disparut du bain en quelques secondes. On cogna une nouvelle fois à la porte :

— Oui, maître?

— Sors de là...

Cette fois, c'était Utah; cette voix grave et sans intonation n'appartenait qu'à lui.

— Un instant, je vous prie, dit-elle en fouillant dans son sac.

La nervosité la rendait malhabile : elle échappa ses vêtements sur le plancher, ainsi que le tube automaquillant que lui avait offert sa mère.

Pourvu qu'il ne soit pas brisé.

— Tu as entendu? répéta Utah, qui s'impatientait.

— Je m'habille et je... je sors, maître Christopher, dit-elle d'une voix chevrotante. Donnez-moi encore une petite minute.

Pourquoi insistait-il à ce point? Qu'y avait-il de si pressant? Se pouvait-il qu'il ait un besoin urgent d'épurer son estomac?

— Voilà, ça y est, dit-elle en terminant de boutonner son nouveau chemisier.

Elie posa l'embout du tube automaquillant sur son front et appuya dessus à trois reprises. Elle s'examina ensuite dans la glace : ça allait pour le maquillage, il s'était étalé aux bons endroits. Mais ses cheveux étaient toujours aussi horribles. Comment réussir à leur donner un aspect convenable en si peu de temps ? N'ayant plus le loisir de réfléchir, elle les ramena vers l'arrière et les attacha avec l'élastique dont elle se servait pour faire tenir le capuchon de son tube automaquillant. Ça suffirait pour ce soir.

Elle jeta ses vêtements abîmés dans son sac et ouvrit enfin la porte. Utah était toujours là. Il se tenait droit comme une barre.

— Pousse-toi…, ordonna-t-il de son ton monocorde.

Elie s'exécuta, reculant jusqu'au mur. L'arcuride pénétra dans la salle de bains et s'empara de son sac.

— Qu'est-ce que vous faites ? lui demanda-t-elle en ne quittant pas son précieux bagage des yeux.

Elle s'était retenue pour ne pas le lui arracher des mains.

— Cet imbécile de Kristo a oublié de te contrôler.

Utah retourna le sac et le secoua jusqu'à ce que tout son contenu se retrouve par terre. Son œil entraîné distingua rapidement le telcom à usage unique parmi les vêtements de la jeune femme.

— Que fais-tu avec ça ?

— C'est… C'est pour les urgences, répondit Elie.

— Je sais que c'est pour les urgences. Ce que je veux savoir, c'est pourquoi tu le traînes avec toi.

— Au cas où surviendrait une urgence, déclara Kristo qui apparut dans le cadre de la porte.

35

Excuse-le, dit-il en s'adressant cette fois à Elie. Christopher est un excellent arcuride, ce qui fait de lui un être légèrement paranoïaque. Pas vrai, vieux?

Utah ne dit rien. Il ramassa le telcom et le rangea dans sa poche. Du bout du pied, il fit l'inventaire rapide des autres objets. Il n'y avait rien là de bien menaçant : un monticule de guenilles dépareillées, un holocliché représentant un jeune homme et une petite fille en train de pêcher, une trousse portative de maquillage, une série d'outils hygiéniques et, pour finir, un bout de papier avec un numéro de telcom inscrit dessus. Il prit le bout de papier, l'étudia un instant, puis le glissa dans sa poche où il alla retrouver le telcom.

— J'ai besoin de ce numéro…, dit Elie.

Utah la fixa, attendant qu'elle en dise plus. Cette fois, Kristo ne se porta pas à la défense de la fille ; lui aussi avait envie de connaître la suite.

— À qui appartient-il ? demanda Utah.

— À un ami…, poursuivit-elle, hésitante, un ami de mon père.

— Quel est son nom ?

Devait-elle répondre à cette question ? Ses deux maîtres faisaient partie des forces punitives ; allaient-ils enquêter sur l'ami de son père une fois qu'ils connaîtraient son identité ? Selon les dires de sa famille, cet ami était un honnête homme. Pourquoi hésitait-elle à leur révéler son nom, alors ?

— Il s'appelle… Jules, dit-elle, Jules Jonas…

Utah prit l'identificateur Interworld (dont l'usage était exclusivement réservé aux arcurides) accroché à sa ceinture et tapa le nom de l'homme. Après quelques secondes il lut à voix haute :

— Jules Jonas. Âge : 103 ans. Adresse : Tour 720, sixième avenue, unité 411, Quadri-Métropole secteur Mirage-Nord. Profession : aucune. Spécification : ancien recruteur à la retraite. État civil : ne s'est jamais uni à une femelle. N'a eu aucun enfant. Condamnation : dossier vierge, aucune peine sévère infligée. Châtiment de classe 10 administré il y a 80 ans pour délit mineur. Spécification : vol à la tire.

— C'est bien cet homme ? demanda Kristo.

Elie acquiesça d'un léger signe de tête. Elle n'était toujours pas convaincue d'avoir fait le bon choix. Kristo lui sourit.

— Alors, c'est parfait, ajouta-t-il sur un ton rassurant. Puis, en se tournant vers son colocataire : Ça te suffit, Christopher ? Tu es rassuré, maintenant ?

Utah hocha la tête en silence, mais ne rendit ni le telcom ni le bout de papier à Elie. Il sortit de la salle de bains et se dirigea vers le salon d'un pas insouciant.

— Excuse-le, dit Kristo. Il n'est pas vraiment doué pour les relations interpersonnelles.

— J'ai cru remarquer, dit Elie en se détendant un peu.

— Je m'arrangerai pour récupérer les choses qu'il t'a prises, lui dit Kristo en souriant.

— C'est gentil. Elie hésita un moment, puis lui demanda : Est-ce que je peux vous poser une question, maître ?

— Mais bien sûr.

— Est-ce que la majorité des hommes du Nord sont comme lui ? Je veux dire, sont-ils tous aussi… intraitables ?

Kristo prit une grande inspiration.

— C'est un problème, ici, au Nord, répondit-il. Les femmes ne bénéficient pas d'une très grande place dans notre communauté. Leur influence est réduite au strict minimum. Ton père t'a-t-il déjà parlé des Révolutionnaires ? Ce sont eux qui ont ravi le pouvoir aux castes féminines en 2321. Nous, les habitants du Nord, sommes leurs descendants. Beaucoup de nos ancêtres ont été tués pendant les Grandes Batailles secrètes, ce qui laissa un souvenir amer dans la mémoire collective.

Il marqua un temps, puis reprit :

— Les gouvernements et les forces punitives, qui sont exclusivement composés d'hommes, se méfient des femmes, et cette méfiance se transmet invariablement au peuple. Tu comprends ?

Elle fit signe que oui.

— Pourquoi êtes-vous différent des autres, maître ? lui demanda-t-elle ensuite. Vous n'avez manifesté aucune animosité envers moi.

— Je ne suis pas différent, Elie, lui dit-il sur le ton de la confidence. Je crains davantage les femmes que les criminels, tu sais.

Elle se mit à rire et lui aussi.

— Allez, viens, dit Kristo. Je vais te montrer ta chambre.

Elle remit ses effets personnels dans son sac et le suivit.

CHAPITRE 4

Devant le conseil de l'Ordre

L'immense bâtiment, ceint de hautes murailles, était de forme circulaire, semblable à l'ancien Colisée de Rome. Il avait autrefois accueilli les moines Odisdiques qui s'en servaient comme oratoire. Aujourd'hui, l'Ordre Odi-menvatt l'utilisait comme lieu de rencontre ; on y tenait les réunions du Conseil, les sessions de formation, ainsi que les Jeux bisannuels menvatts.

John Lithargo, Tom Thibey et Al Gramal attendaient au centre de l'amphithéâtre qu'on leur accorde le droit de parole. Devant eux se tenait une assemblée composée uniquement d'Odi-menvatts Honorés. Ils en dénombrèrent une centaine.

— La session est ouverte ! annonça le secrétaire du Conseil.

Le silence se fit et tous les yeux se tournèrent vers les trois hommes.

— Les représentants ne nous aideront pas, déclara Lithargo dans le micro qui flottait vis-à-vis sa bouche.

Ses paroles résonnèrent dans tout l'amphithéâtre.

— N'était-ce pas à prévoir? demanda le vieux Beni Karnivell, leur mentor à tous les trois.

— Oui, vous avez raison, maître, répondit Lithargo. Mais il était de notre devoir d'essayer.

— Que proposez-vous, John? demanda un autre membre du Conseil.

Lithargo regarda tour à tour Thibey et Gramal, puis répondit :

— Je crois qu'il faudrait les éliminer. Tous.

Des murmures d'indignation s'élevèrent de l'assemblée.

— Tu es sérieux, John? demanda Karnivell.

— Le gouvernement de Siberfax s'apprête à nous envoyer des régiments d'arcurides, répondit Lithargo. Il faut agir maintenant, préparer notre défense. Les représentants ont peur; ils risquent de nous trahir.

— Il nous est interdit d'agir sans requête! lança le secrétaire du Conseil.

— Je sais, répliqua Lithargo. Mais rien ne nous empêche de soumettre nos propres réclamations.

Nouvelle vague de murmures. Lithargo s'approcha de l'assemblée. Le micro baladeur émit un bip de protestation, mais finit tout de même par le suivre.

— Vous m'avez chargé de faire enquête, dit Lithargo. Voilà donc mes conclusions : si nous ne réagissons pas immédiatement, les troupes de Siberfax ne feront qu'une bouchée de notre organisation. Certes, nos hommes sont braves et bien entraînés, mais ils ont l'habitude de travailler seuls et non de faire équipe. Accepteront-ils d'être placés sous le commandement d'un de leurs semblables?

Laissez-moi en douter. De plus, ils sont trop peu nombreux pour résister à une invasion massive de notre secteur. Nous devons donc agir comme nous l'avons toujours fait : dans l'ombre.

— Je ne vois pas l'utilité d'éliminer les représentants, déclara un membre du Conseil. Cela ne ferait qu'empirer les choses

— Ils sont courtisés par Siberfax depuis bon nombre d'années déjà. Je suis convaincu qu'ils seraient prêts à collaborer avec l'ennemi pour obtenir une position influente au Parlement.

— Certains d'entre eux nous sont restés fidèles, dit Karnivell. Comment les reconnaîtrons-nous ?

— Un seul sera sauvé.

— Lequel ?

Lithargo regarda tour à tour Gramal et Thibey.

— Le préféré du peuple, maître.

CHAPITRE 5

L'arcuride et la prostituée

Les arcurides représentaient l'élite des forces punitives. Ils étaient généralement assignés à la protection du premier ministre et de ses proches collaborateurs. Il y avait quelques exceptions, bien sûr, mais la majorité d'entre eux étaient des descendants directs du prince guerrier Arcure. L'ADN des postulants faisait office de preuve pour l'admission. Il arrivait parfois, rarement, qu'on admette des hommes de grand talent dans les rangs arcurides, mais qui n'avait aucun lien génétique avec le Grand Arcure. Il s'agissait généralement de récompenses, offertes à des légiokhans valeureux pour les remercier de leur bravoure et de leur service exceptionnel.

Roman Optomax ne faisait pas partie de ce dernier groupe ; c'était un vrai, un authentique Arcuride. Il se désignait lui-même comme un « pur-sang », à l'instar de tous ses frères d'armes qui se savaient descendants directs d'Arcure.

— Tu vas me payer aujourd'hui ? lui demanda la prostituée lorsqu'il se leva pour s'habiller.

— Non, répondit Optomax.

— Ta note commence à augmenter sérieusement, mon joli.

— Je n'ai pas un sou sur moi.

— Toujours la même excuse. J'en ai ma claque, Roman !

L'homme s'immobilisa.

— Et qu'est-ce que tu comptes faire ? lui demanda-t-il en se dirigeant soudainement vers le lit. Déposer une plainte contre moi ? Pauvre folle ! Mes collègues t'embarqueraient sur-le-champ !

— Je pourrais leur donner le nom de mes clients ! Qu'en dis-tu ?

Il secoua la tête.

— Tu serais morte avant, Yasmine.

Elle soupesa la menace et en conclut qu'il ne fallait pas insister.

— J'ai besoin de cet argent, Roman, dit-elle sur un ton plus conciliant – ce qui, espérait-elle, aurait pour effet d'apaiser les esprits.

Il revêtit le reste de son uniforme sans lui accorder ne serait-ce qu'un regard.

— Roman..., essaya-t-elle encore.

Toujours aucune réaction.

— Roman, je t'aime. Tu veux bien me pardonner ?

Cette fois, il leva les yeux. La femme repoussa les draps, exposant ainsi son corps nu.

— Viens par ici, lui dit-elle de la façon la plus aguichante qui soit.

Optomax regarda sa montre. Il ne restait que 30 minutes avant le début de son quart.

— Allez, rhabille-toi, lui dit-il. Je te raccompagne.

Elle fit la moue, mais finit par obéir. Ils empruntèrent l'accès réservé au personnel pour sortir de l'hôtel. Le type de la sécurité, un ami d'Optomax, leur avait affirmé qu'ils ne couraient aucun risque de croiser un employé à cette heure. Et il avait eu raison : ils parvinrent sans encombre à se faufiler jusqu'à l'extérieur.

— J'ai besoin que tu me rendes un service, dit Optomax lorsque les portes de l'accès se refermèrent derrière eux.

La prostituée se tourna vers lui. Un sourcil intrigué altérait la peau lisse de son front.

— Ça va me rapporter beaucoup ?

— Je te rembourserai ce que je te dois.

— Et ?

— Et j'ajouterai un autre 5000.

— C'est une promesse ?

— Non, un contrat.

Elle fit mine de réfléchir pendant un moment puis dit :

— Que dois-je faire ?

Optomax hocha la tête, heureux qu'elle accepte.

— Il y a un représentant du Cercle Opposite qui doit arriver en ville demain, en matinée, pour participer à une commission d'enquête. Son nom est Paul Orlaad. Je veux que tu t'arranges pour passer une nuit avec lui.

— De quoi a-t-il l'air ?

— D'un vieux débris, répondit Optomax. Voilà pourquoi ce sera facile.

— Et s'il ne désire aucune compagnie féminine ? S'il est polysexuel ou uni sentimentalement à une femelle ? Tu y as pensé ?

— Depuis quand les hommes unis se privent-ils du plaisir de l'adultère ?

Elle inspira.

— D'accord, j'accepte. Mais tu me règles toutes tes dettes, hein ?

Il sourit et la prit dans ses bras.

— Personne n'est insensible à tes charmes, ma belle.

— Inutile d'en rajouter, Roman. J'ai déjà accepté.

— Je t'assure ! Tu es la première à gravir les échelons aussi rapidement. Ta maquerelle m'a confié que tu passerais bientôt au niveau cinquième ciel. Tu te rends compte du fric que tu vas te mettre dans les poches ? Fini le temps où tu te tapais les vieux pouilleux alcooliques et les petits fonctionnaires de seconde zone. Tu auras droit à la courtisanerie des plus beaux, des plus riches et des plus puissants.

La femme ne semblait guère impressionnée.

— Et je suppose que cette promotion dépend de la réussite du contrat ?

Optomax sourit à nouveau.

— Ta maquerelle m'apprécie beaucoup, tu sais, et elle prétend que je suis de bon conseil.

— D'accord, j'ai compris, dit la prostituée. Je couche avec lui et c'est réglé, c'est bien ça ?

— Hum, c'est un peu plus compliqué que ça.

Elle prit un air exaspéré.

— Ça veut dire quoi au juste ? Tu veux que je lui soutire des informations ?

— Il te faudra lui installer un esvographe.

— Un enregistreur de rêve ? Mais tu es fou ! Et s'il se réveille ?

— Aucun danger. Tu lui auras fait avaler un puissant somnifère juste avant qu'il ne se couche.

La femme acquiesça, sans grand enthousiasme toutefois. Optomax lui prit la main et l'entraîna vers l'arrêt du transporteur aérien rapide, que les citadins appelaient généralement « T.A.R. » ou « métro-transpos » – faisant ainsi référence aux anciens systèmes de transport souterrain à traction électrique qui desservaient autrefois les grandes cités.

— Qu'y a-t-il de si important dans les rêves de ce représentant ? demanda la prostituée.

— Des détails, répondit Optomax. D'importants détails.

CHAPITRE 6

L'arc-général
et les politiciens

Les portes en or massif s'ouvrirent dans un long grincement qui se fit entendre jusque dans les recoins les plus profonds du Parlement. D'un pas décontracté, l'arc-général Leander Furio pénétra dans la pièce et s'avança vers le bureau du premier ministre. Les gardes arcurides saluèrent leur supérieur, puis consultèrent le premier ministre du regard; ce dernier leur confirma qu'ils pouvaient quitter la pièce.

— Comment allez-vous, mon cher Furio? demanda le premier ministre Siberfax sans prendre la peine de se lever pour accueillir le commandant en chef de ses forces punitives. Asseyez-vous, je vous en prie!

Debout, à la droite du bureau, se tenaient Gemini Hicks, le ministre de la Défense, et Fidel Vega, le ministre des Territoires, ainsi que Tendac, l'affreux nain qui servait de conseiller spécial au premier ministre.

Furio choisit de s'installer sur un fauteuil qui faisait directement face au premier ministre. Il n'eut aucun regard pour les autres hommes; c'est à son chef, l'honorable Roddlar Siberfax, qu'il devait des comptes, et non pas à ces trois civils.

— Alors, quelles sont les nouvelles ? demanda le premier ministre.

— Le lieutenant Optomax est entré en contact avec la prostituée, répondit Furio. Si tout va comme prévu, nous détiendrons bientôt tous les secrets du représentant Orlaad.

— Vous utiliserez un esvographe ? demanda Tendac du haut de ses 90 centimètres.

— En effet.

— C'est risqué, fit remarquer le ministre des Territoires.

— Mais très efficace, rétorqua Tendac. Il suffit de stimuler le cerveau lorsqu'il est au stade de sommeil paradoxal pour qu'il vous livre tous les secrets de son propriétaire. « Le rêve, c'est la vie mentale tout entière, moins l'effort de concentration », disait le philosophe Henri Bergson.

Le ministre de la Défense se tourna vers le nain :

— Vous faites dans la philosophie, maintenant ? dit-il en feignant la surprise.

Furio savait depuis longtemps que les deux hommes ne s'appréciaient guère. Hicks jugeait néfaste l'influence qu'exerçait Tendac sur le premier ministre, et il ne se gênait pas pour promouvoir cette idée dans les couloirs du Parlement. Tendac, de son côté, souhaitait ardemment que Siberfax se débarrasse de son détracteur, mais savait que, d'un point de vue politique, cela aurait été une mauvaise décision : Hicks avait beaucoup trop de relations chez les banquiers mercurides. Pour réaliser les projets qu'il avait en tête, le premier ministre avait besoin de tous les appuis disponibles, en particulier celui des banquiers.

Tendac passa outre à la dernière réplique de Hicks et s'adressa à Siberfax :

— Il nous faut découvrir leur stratégie avant d'agir, c'est primordial.

— Ridicule! protesta Hicks. Monsieur, c'est maintenant qu'il faut envoyer les troupes !

Il s'adressa ensuite au nain :

— Je questionne vos motivations, Tendac. Attendez-vous que les gentilés du Sud organisent leur défense ? Il faudra très peu de temps aux menvatts pour mettre sur pied une force de résistance, et vous le savez très bien !

— Nous devons faire usage de stratégie, dit Tendac, qui n'avait pas quitté le premier ministre des yeux.

— Qu'en pensez-vous, Leander ?

Le regard de Siberfax était passé de Tendac à Furio.

— Les représentants du Cercle Opposite ne tenteront rien, répondit le général. Ce sont des menvatts qu'il faut se méfier. Mes informateurs croient qu'ils commencent à se douter de quelque chose.

— C'est à ces damnés clowns vengeurs qu'il faudra s'attaquer en premier! lança Hicks.

— D'ordinaire, ils travaillent seuls, poursuivit Furio. Il sera difficile de tous les éliminer en une seule opération. Nous devrons sans doute les traquer un à un.

— Selon vous, quel serait le meilleur moment pour lancer la première phase de l'opération ? demanda le premier ministre.

— Je ne crois pas que nous possédions suffisamment d'informations pour agir maintenant, monsieur. Il nous faut recueillir davantage de renseignements. L'idéal serait d'obtenir les coordonnées biotopes de chacun des Odi-menvatts. Voyons ce qu'Optomax nous ramènera. Nous aviserons ensuite.

— Voilà qui est raisonnable, déclara Tendac avec un enthousiasme non dissimulé.

— Monsieur, attendez…, dit Hicks.

— Nous ferons comme vous le dites, général, le coupa Siberfax. Ça vous va, messieurs?

Tout le monde acquiesça ; tout le monde sauf Gemini Hicks.

— Monsieur…

— Suffit, Gemini! rugit le premier ministre. J'ai pris ma décision, et elle est sans appel! (Il replaça ses documents sur son bureau.) La réunion est terminée, messieurs, dit-il. Merci d'avoir été présents. Laissez-moi seul, maintenant.

Seul avec Tendac, songea Furio.

Hicks et Fidel Vega quittèrent le cabinet par une petite porte de service.

— Par quoi devrions-nous commencer, général? demanda Siberfax, alors que Furio s'apprêtait à emboîter le pas aux deux ministres.

Le général garda le silence un moment, puis répondit :

— Lorsque vous déciderez de lancer l'opération, monsieur, je suggère que vous procédiez immédiatement à l'élimination des membres du Conseil de l'Ordre Odi-menvatts. Vous ferez ainsi d'une pierre deux coups.

— Comment cela ?

— Le conseil est composé en majeure partie de menvatts Honorés, répondit Tendac à la place de Furio.

— Sans leurs dirigeants, les clowns vengeurs seront beaucoup plus vulnérables.

Le premier ministre sourit, puis ajouta :

— J'en prends bonne note, général.

CHAPITRE 7

À votre service, représentant Orlaad

Utah posa le patrouilleur S.P.E.E.K. tout près du lieu de rendez-vous. Kristo confirma leur position au quartier général et vérifia que leurs armes étaient bien activées. Ceci fait, il ne leur restait plus qu'à patienter jusqu'à l'arrivée des arcurides.

— Que penses-tu de notre nouvelle servante ? demanda Kristo.

Utah ne répondit pas. Il gardait les yeux fixés sur le tableau de bord.

— Elle ne te plaît pas ?

— Elle n'a pas à me plaire.

Kristo soupira.

— Pourquoi diable es-tu si entêté ?

— Ce n'est qu'une servante, Kristo, un outil de plus dans notre foutoir biotope.

Il y eut un silence pendant lequel Kristo tenta de reprendre son sang-froid.

— Elle est gentille, Christopher, dit-il après s'être enfin calmé. Promets-moi de bien la traiter.

La navette des arcurides survola leur cockpit à ce moment précis, coupant court à leur conversation.

L'appareil se posa à quelques mètres seulement du patrouilleur. Kristo et Utah quittèrent leurs sièges en vitesse et se dirigèrent vers la navette.

Les nouveaux arrivants s'engagèrent sur la passerelle abaissée de leur navette et marchèrent en direction des deux arcurides qui venaient à leur rencontre. Kristo et Utah reconnurent sans peine l'arc-lieutenant Optomax et son garde du corps, l'adjudant Henri Vorsak. Un vieillard les accompagnait ; il s'agissait fort probablement du représentant dont il avait été question ce matin au *briefing*.

— Lieutenant ! dirent Kristo et Utah en saluant simultanément l'officier arcuride.

— Bonjour, messieurs, répondit Optomax. Voici le représentant Orlaad, du Cercle Opposite.

Le vieil homme s'avança. Il était petit et rondelet. Sa démarche pesante contrastait étrangement avec l'éclat de vivacité qui brillait dans ses petits yeux porcins.

— Vous savez ce qu'on attend de vous, messieurs, n'est-ce pas ? demanda Optomax.

— Affirmatif, monsieur, répondit Kristo.

— Parfait.

Le lieutenant se tourna vers le vieil homme :

— Monsieur le représentant, je vous laisse aux bons soins de nos deux meilleurs arcurides. Ils agiront à titre de chaperons pendant la durée de votre séjour parmi nous.

— Excellent ! dit le vieillard. Il est rassurant de voir à quel point notre gouvernement prend à cœur la sécurité de ses représentants !

Optomax et son garde du corps retournèrent à bord de leur navette. Le représentant attendit qu'ils aient décollé et quitté le site pour s'adresser aux arcurides :

— Alors, où est l'escorteur, messieurs ? demanda-t-il en se frottant les mains.

Kristo lança un regard incertain en direction d'Utah qui ne broncha pas.

— Il n'y a pas d'escorteur, monsieur, annonça ce dernier.

— Quoi ?

— Notre patrouilleur se trouve juste là-bas.

La lueur qui illuminait tantôt les petits yeux noirs du vieil homme se ternit d'un coup. Son visage bouffi se tordit et une grimace, où se mélangeaient surprise et dédain, remplaça l'air faussement jovial qu'il s'était donné jusque-là

— Vous n'êtes tout de même pas en train d'insinuer que je devrai effectuer mes déplacements dans ce... dans ce vulgaire S.P.E.E.K. ?

— Malheureusement, je crains que ce ne soit le cas, monsieur, dit Kristo en empruntant sa voix de bon soldat.

— Les escorteurs sont réservés aux dignitaires, monsieur, ajouta Utah.

Kristo fusilla son partenaire du regard : «*N'en rajoute pas, pour l'amour du ciel !*» Le représentant examina le patrouilleur un moment, puis leva une de ses lourdes jambes et effectua sa première enjambée en direction de l'appareil.

— J'aurais dû me fier à ma première idée et faire venir ma propre navette, ronchonna-t-il en entreprenant ce qui, selon l'évaluation des deux arcurides, s'avérerait être une longue et pénible marche.

La journée fut meublée par une série de rencontres soi-disant officielles qui, du point de vue des arcurides, furent toutes plus ennuyeuses les unes que les autres. En matinée, Orlaad exigea qu'on le conduise dans un café du centre-cité où il avait donné rendez-vous à deux représentants de l'Est afin, disait-il, de débattre d'un nouveau projet de loi concernant les exportations vers le Sixième Continent. Il déjeuna ensuite en compagnie d'un banquier mercuride, pour discuter de certaines modalités concernant un prêt dont il était le principal débiteur, puis demanda à ce qu'on le dépose dans un *Pleasure Saloon*, où il passa le reste de l'après-midi à boire et à s'empiffrer avec d'autres représentants du Nord, tout aussi gras et répugnants que lui. Un peu avant l'heure du dîner, il demanda aux arcurides de le conduire à son hôtel ; il avait besoin de se rafraîchir avant d'assister au banquet donné en l'honneur du nouveau gouverneur des territoires assainis.

— Manger, c'est tout ce qui le préoccupe, fit remarquer Kristo, alors qu'Utah et lui attendaient dans le séjour de la suite que le représentant termine sa toilette. Il va finir par exploser à force de se gaver comme ça.

Le telcom d'Utah émit un bip sonore et il le décrocha aussitôt de son ceinturon :

— Utah, annonça-t-il.

Kristo se rapprocha. Cet appel ne pouvait provenir que du commandement central.

— Oui, monsieur, dit Utah. Très bien, monsieur. Ce sera fait, monsieur.

Il échangea un regard avec son coéquipier et mit fin à la communication.

— Qu'est-ce qui se passe ? lui demanda Kristo.

Utah fit quelques pas.

— Une jeune femme offrira ses services à Orlaad ce soir lors du banquet, dit-il. Nous devrons la ramener ici après la soirée.

— Une jeune femme? fit Kristo, incrédule. Quelle jeune femme?

— Une jeune femme des quartiers chauds, répliqua Utah

— Une prostituée?

Utah n'eut pas besoin de répondre. Kristo secoua la tête et enchaîna aussitôt :

— Tu sais très bien que c'est illégal, Christopher. (Il marqua un temps.) Qui était-ce? Optomax?

Utah fit non de la tête.

— C'était l'arc-colonel Dessler. Ordre prioritaire venant du haut commandement. Classé très secret.

Les épaules de Kristo s'affaissèrent. C'était la première fois qu'ils recevaient un ordre directement de l'autorité supérieure arcuride. Que fallait-il en déduire? Que quelque chose d'important se préparait?

— Orlaad est quelqu'un d'important? demanda-t-il à Utah.

— Pas à ce que je sache, répondit celui-ci. J'ai vérifié son dossier ce matin, pendant qu'il avalait croissant par-dessus croissant dans ce café : rien de bien particulier, à part le fait qu'il occupe le poste de secrétaire trésorier au sein du regroupement du Sud.

Le regard de Kristo s'illumina.

— Il assiste donc à toutes les sessions des représentants, dit-il, comme s'il se parlait à lui-même. Notre ami Orlaad est un homme informé…

— Tu crois qu'ils veulent le faire parler?

— Ça m'en a tout l'air. Sinon, pourquoi le haut commandement prendrait-il le risque de se compromettre en s'assurant les services d'une prostituée?

Le représentant Orlaad apparut derrière eux. Sa grosse voix de rogomme résonna dans toute la pièce :

— Alors, vous êtes prêts, les gars? Dieu que j'ai faim! Cette petite séance de débarbouillage m'a ouvert l'appétit!

Son rire gras suivit de peu.

Kristo fut soulagé de constater qu'il n'avait rien saisi de leur conversation.

CHAPITRE 8

Le représentant et la prostituée

Suivant les consignes d'Optomax, elle s'était rendue au palais ministériel pour assister au banquet donné en l'honneur d'un politicien dont elle n'avait pas retenu le nom. Rares étaient les femmes qui étaient admises dans ce genre d'assemblées. Seules les escortes de bon aloi (à ne pas confondre avec les prostituées) détenant une invitation émise par le ministère des Affaires intérieures y étaient acceptées, et encore : elles devaient éviter de se faire trop remarquer, sous peine de se voir expulsées sans délicatesse par les services de sécurité. Lorsque Optomax lui avait présenté l'invitation du ministère, Yasmine s'était dit que son client occasionnel avait beaucoup plus de poids au sein du gouvernement qu'elle ne l'avait tout d'abord imaginé.

Elle avait tenté sa première approche peu après le dernier service. Orlaad s'était lentement déplacé vers le bar en compagnie d'une kyrielle de grosses légumes du parti et de ses deux chaperons (des arcurides, avait-elle noté. Optomax n'avait jamais mentionné que des membres des forces punitives seraient présents ce soir-là, mais le connaissant, elle supposa qu'il avait « arrangé le coup » avec eux. Elle l'espérait, du moins.) Les deux arcurides avaient la même taille et le même gabarit. Ils étaient vêtus du même uniforme noir et la peau lisse de leurs crânes rasés brillait sous les lustres. Le premier n'était ni laid ni beau, mais ses traits figés lui donnaient un air sévère (elle sentit monter en elle une vague d'excitation). L'autre, par contre, avait un visage plus agréable ; il semblait plus détendu, moins enclin à la rigidité – *et par ce fait même, moins intéressant*, se dit Yasmine. Elle aimait bien les mâles qui ne laissaient rien paraître de leurs sentiments (car de toute façon, elle n'en avait rien à faire de leurs sentiments), ce qui semblait être le cas du mystérieux arcuride aux traits durs. C'est à lui qu'elle adressa son premier regard aguicheur. Comme elle l'avait présumé, il resta de marbre (réaction qui ne contribua qu'à nourrir l'excitation de la jeune femme). Elle jeta ensuite un coup d'œil en direction du deuxième arcuride qui la considéra à son tour d'une manière suspecte.

— Permission d'approcher ? lui demanda-t-elle.

Kristo contourna le représentant, le laissant avec son collègue, et s'approcha d'elle.

— Déclinez votre identité, ordonna-t-il.

Elle obéit, consciente que c'était la procédure à respecter :

— Yasmine Lloyd.

— Code d'identification permanent ?

— EKS6682253

Kristo sortit un petit appareil de son ceinturon et le passa devant l'œil droit de la femme. Le message de confirmation se refléta en lettres bleues dans les yeux l'homme :

« IDENTIFICATION CONFIRMÉE : 6682253 LLOYD, YASMINE KAREN. »

— Vous avez votre invitation ? demanda l'arcuride.

Elle lui tendit une petite carte magnétique qu'il glissa aussitôt dans l'appareil.

— Tout est en règle, dit Kristo en voyant apparaître le second message de confirmation. Vous pouvez approcher le représentant.

Il se tourna vers ce dernier :

— Monsieur ?

Orlaad fit signe à Kristo de patienter un instant. Il était en train d'exiger du barman qu'il remplisse son verre à ras bord.

— Qu'y a-t-il, mon brave ? demanda-t-il enfin après avoir libéré le barman.

— Cette escorte de bon aloi voudrait vous aborder, monsieur.

Les sourcils broussailleux du représentant s'arquèrent en même temps.

— Est-ce donc vrai ? fit-il, mi-amusé, mi-étonné. Faites, mais faites donc, jeune femme ! Abordez-moi ! Abordez-moi sans hésiter !

Orlaad éclata de rire et les autres représentants (tous plus éméchés les uns que les autres par le vin qu'on leur avait servi au souper) ne tardèrent pas à l'imiter. Son bras lourd et gras se posa sur les épaules de la femme et il la força à pavaner en sa compagnie autour du bar pour faire étalage de sa chance. Les autres invités acquiescèrent en silence devant la beauté de la femme.

Orlaad s'arrêta devant ses chaperons :

— Conduisez-la à l'hôtel, déclara-t-il.

Utah s'avança et prit la femme par le bras.

— Vous pourriez me payer un verre avant de m'envoyer là-bas, fit-elle en s'adressant à Orlaad.

Les rires cessèrent. Puis, vinrent les murmures.

— Comment ose-t-elle ? dit l'un des représentants à voix basse.

— Quelle impudence…, ajouta un autre.

Orlaad l'observa un moment, puis se remit à rire.

— Elle a du culot, cette petite ! dit-il. J'adore ça ! Nous, au Sud, nous ne craignons pas d'enivrer nos femelles, car sous l'effet de l'alcool, elles deviennent, disons, beaucoup plus *coopératives*. Donnez-lui un verre de ce qu'elle veut ! ordonna-t-il au barman en s'esclaffant à nouveau.

Les autres représentants se déridèrent à leur tour, contaminés par la bonne humeur de leur confrère. Yasmine ne prit pas qu'un seul verre en compagnie d'Orlaad ce soir-là, mais le dernier fut le plus important. La majorité des invités avaient fait leurs dernières salutations depuis longtemps. Il ne restait plus dans la salle que quelques convives – qui ronflaient sous les tables, pour la plupart – ainsi qu'une demi-douzaine de représentants encore accrochés au bar, qui échangeaient des propos quasi inaudibles, rendus diffus par l'abus d'alcool. Yasmine profita d'un moment de distraction pour introduire le somnifère dans le verre d'Orlaad. Il se dilua instantanément, sous le regard satisfait de « l'escorte ». Les deux arcurides n'avaient rien vu ; elle avait attendu qu'ils relâchent leur surveillance pour agir. Leurs traits tirés en disaient long : ils étaient fatigués et semblaient en avoir plus qu'assez de leur rôle de chaperons.

— J'aimerais bien voir votre chambre d'hôtel, glissa-t-elle dans l'oreille du représentant.

Orlaad s'y reprit à deux fois pour attraper son verre. L'ivresse le rendait malhabile et Yasmine pria pour qu'il réussisse à porter le verre à ses lèvres sans en renverser tout le contenu.

— On y va! dit-il en descendant une grande lampée d'alcool, au grand soulagement de Yasmine.

Les deux arcurides aidèrent le représentant à se relever et ils prirent tous les quatre la direction de l'ascenseur de service qui menait au stationnement du toit, où les attendait le patrouilleur S.P.E.E.K.

Dès qu'ils pénétrèrent dans la suite, Yasmine entraîna Orlaad dans la chambre. Le gros corps chancelant du représentant était difficile à diriger. Kristo demanda à la jeune femme s'il elle avait besoin d'assistance, mais celle-ci refusa d'un geste de la main :

— J'y suis habituée, dit-elle simplement.

— Souhaitez-vous que nous vous accompagnions, monsieur? demanda Utah.

Il prend sa tâche de chaperon très au sérieux, se dit Yasmine.

— Vous n'aurez qu'à attendre de l'autre côté de la porte, répondit Orlaad qui soufflait difficilement.

La jeune femme ne pouvait espérer une meilleure réponse : *Pas besoin de spectateurs*, songea-t-elle. *Pour ce que j'ai à faire, en tout cas.*

— Peut-être la prochaine fois, dit-elle en adressant un clin d'œil espiègle à Utah.

Son intervention n'avait pu dissiper l'indifférence qui régnait sur le visage de l'homme. *Ne change surtout pas, mon grand*, pensa-t-elle avec un certain amusement. *Je t'aime comme tu es!* Elle poussa son client dans la chambre, puis s'y engouffra à son tour. Le bruit que fit la porte en claquant derrière elle résonna comme un avertissement de ne pas déranger.

Une odeur âcre de sueur se dégageait d'entre les bourrelets. Yasmine limitait ses approches, craignant que l'haleine putride du représentant ne fasse fondre son automaquillage. Avec un peu de chance, se disait-elle, cette grosse limace puante serait son dernier client en provenance du Sud. Terminé les bouseux; Optomax lui avait promis qu'elle n'aurait plus jamais à s'encombrer de pareilles ordures, que dorénavant, sa future clientèle (exclusivement originaire du Nord, lui avait-il promis) ne se composerait plus que de gens fortunés, ayant les moyens de se payer des anatomies de premier choix (leurs visages et leurs corps étant pour la plupart refaçonnés par les recyclodermes, à des coûts astronomiques).

Orlaad tenta à plusieurs reprises de poser ses mains sur Yasmine, mais celle-ci réussit à le convaincre de patienter. Elle lui proposa plutôt de s'étendre sur le lit et d'attendre gentiment la suite. Il marmonna quelque chose, puis roula sur le matelas, comme elle le lui avait demandé. *Ce n'est plus qu'une question de temps avant qu'il ne s'endorme*, se dit-elle. Tout à l'heure, au bar, elle n'avait pris aucune chance : elle avait doublé la dose de somnifère. Optomax n'aurait pas été d'accord – jugeant sans doute risqué de plonger le représentant dans un sommeil trop profond –, mais elle s'en foutait éperdument; après tout, c'était son cul à elle qu'on offrait en pâture à ce gros porc. Que dirait le ver au bout de son hameçon si on lui proposait d'endormir le poisson avant qu'il ne le croque? «Plutôt deux fois qu'une!» répondrait-il sans hésiter.

Comme elle l'avait prévu, Orlaad se mit à ronfler sitôt qu'il eut posé la tête sur l'oreiller. Le mélange alcool et somnifère l'avait complètement abattu. Sans tarder, Yasmine chevaucha son gros corps mou et installa l'esvographe sur son front. Celui-ci s'activa sur-le-champ et chercha à se lier aux ondes thêta de la phase d'endormissement. Une fois connecté, l'appareil se mit en mode veille, passant les étapes sigma et delta. Son enregistreur ne se mit en marche qu'au moment où apparurent les premières ondes alpha. La capture du premier rêve s'exécuta dès l'instant où le rythme cardiaque d'Orlaad se modifia.

Yasmine tapa les mots GOUVERNEMENT SIBERFAX sur son petit clavier portatif, puis CERCLE OPPOSITE et finalement ODI-MENVATT. Les données se communiquèrent à l'esvographe qui les transmit sous forme de suggestion au cerveau d'Orlaad. Dans 80% des cas, cela suffisait à provoquer l'émergence de souvenirs associés aux termes vecteurs. Les souvenirs se mêlaient généralement aux rêves du sujet et il était possible de les stocker dans un esvographe de moyenne puissance. C'est ce que l'appareil posé sur le front du représentant Orlaad était en train de faire en ce moment même, sous le regard attentif d'une prostituée agissant pour le compte des forces arcurides.

— Petite salope! dit une voix d'homme derrière elle.

Son sang se glaça. Elle demeura assise sur le lit, incapable de bouger. Tout son corps s'était figé.

Ses doigts se tenaient droits et raides au-dessus des touches du clavier. Elle se demanda si elle avait pensé à mettre son découpeur hémostatique dans son sac. *Oui, il y est*, songea-t-elle. *Mais le sac... où est le bon dieu de sac? À tes pieds, là où tu l'as déposé après avoir pris le clavier.*

Elle perçut les pas de l'homme. Il s'approchait d'elle. Elle devait agir avant qu'il ne soit sur elle.

Tu en as vu d'autre, Yasmine, bon sang! Concentre-toi, il faut que tu te ressaisisses. Tu as peur? Peur de mourir? Si tu ne fais rien, ma vieille, il est évident que ce salaud va t'avoir!

Elle réussit à rassembler assez de courage pour tendre la main vers son sac. Il faisait noir; peut-être que l'homme ne verrait rien de la manœuvre.

Manque de chance.

— Arrête ça, dit-il. Je te préviens, si tu fais le moindre mouvement, si tu fais le moindre bruit, je te tue.

Elle sentait le souffle chaud de l'homme dans son cou. Il était suffisamment proche pour lui trancher la gorge ou pour la poignarder entre les deux omoplates.

— Retourne-toi, lui ordonna-t-il. En silence.

Elle aurait dû penser plus tôt à alerter les arcurides (cela lui aurait au moins permis de créer une diversion, se dit-elle.) Mais il était trop tard maintenant; elle était certaine que l'homme la liquiderait à la moindre tentative, juste à la façon dont il avait dit « *petite salope!* »

Elle se retourna, lentement, et fit face à l'intrus. Il portait un long imperméable noir. Elle remarqua qu'une marguerite blanche était passée à sa boutonnière.

— Regarde-moi, ordonna-t-il.

Elle leva les yeux et sursauta lorsqu'elle aperçut la figure de l'homme qui scintillait dans la pénombre. On aurait dit que la peau de son visage était recouverte d'un maquillage blanc lacté. Des cercles de couleur noire étaient dessinés sur chacune de ses pommettes, de part et d'autre de son nez rond. Deux sourcils en accent circonflexe avaient été grossièrement tracés au-dessus de ses yeux. Un feutre aux larges rebords était posé sur son crâne et cachait son front. Il avait tout du clown, *mais rien de bien amusant*, se dit-elle. Des petites dents pointues et luisantes émergeaient d'entre ses lèvres noires et immobiles.

Cet homme est un clown vengeur... ce ne peut être que ça. Seuls les Odi-menvatts réussissent à s'introduire dans des lieux aussi bien gardés. Depuis combien de temps est-il tapi ici, dans cette chambre, attendant que sa proie se présente à lui ?

Comme tout le monde, elle avait déjà entendu parler des Odi-menvatts – ils étaient pratiquement devenus des légendes, des genres de croque-mitaines pour criminels récalcitrants –, mais c'était la première fois qu'elle en rencontrait un. (Rares étaient ceux, de toute façon, qui croisaient un menvatt et qui survivaient assez longtemps pour partager leur expérience.)

— C'est... C'est pour moi que vous êtes là ? lui demanda-t-elle en essayant de ne rien laisser paraître de son affolement.

Les menvatts se comportaient-ils réellement comme des animaux ? Selon les dires de plusieurs, ils possédaient des instincts de bêtes et réagissaient très mal lorsqu'ils flairaient l'odeur de la peur.

— Pour qui travailles-tu? lui demanda-t-il.

Elle hésita.

— Pour personne... Euh, je ... je travaille pour moi.

— Tu ne peux pas t'offrir le luxe de mentir, jeune femme. Pas en ce moment.

Elle songea à ce qui pourrait lui arriver si jamais elle décidait de trahir Optomax. Il la priverait de tous ses privilèges, la ferait arrêter et ordonnerait sans doute son bannissement, ou peut-être pire, son exécution.

— Je suis au service de la maquerelle Isadora, dit-elle.

Elle n'avait pas menti : elle travaillait vraiment pour cette femme.

— Qui t'a envoyé ici? demanda le menvatt, dont la patience commençait déjà à s'effriter.

Optomax la punirait sévèrement s'il apprenait qu'elle avait parlé, certes, mais d'un autre côté, elle se demandait ce que lui ferait subir le clown si elle ne répondait pas à ses questions.

— Vous allez me tuer?

— Qui t'a demandé d'offrir tes services au représentant Orlaad? lui demanda-t-il.

— Vous n'avez pas répondu : vous allez me tuer, oui ou non?

Le menvatt fouilla dans l'une des poches de son imper et en sortit un lecteur de courriel holographique qu'il posa sur le lit, à la droite de la femme. Le menvatt inséra une cartouche-courriel dans la gueule de l'appareil et celui-ci s'activa aussitôt. Un son de violon retentit alors dans les petits haut-parleurs situés de chaque côté de l'appareil.

L'instrument interprétait l'*Été*, le concerto numéro deux (en sol mineur, opus 8...) des *Quatre saisons* d'Antonio Vivaldi. Il était de notoriété publique que les menvatts affectionnaient particulièrement le violon. Ils se faisaient donc un devoir (et un plaisir) d'accompagner chaque exécution d'une pièce du grand Vivaldi.

Un visage au teint bleuté apparut au-dessus du miniprojecteur (celui d'un homme âgé d'une quarantaine d'années, aux traits sévères et à la chevelure hirsute) et fut suivi par un message en lettres bleues qui défila en boucle sous le buste de l'homme, comme les titres de la bourse :

« REQUÊTE SPÉCIALE AUTORISATION KR-1001 – L'ORDRE ODI-MENVATT CONTRE PAUL ORLAAD – REQUÊTE SPÉCIALE AUTORISATION KR-1001 – L'ORDRE ODI-MENVATT CONTRE PAUL ORLAAD... »

Le visage holographique se mit à parler et sa voix résonna comme un murmure dans la pièce (*aucun danger qu'elle n'alerte les arcurides*, se dit Yasmine en soupirant) :

« *Condamnation exigée : celle de Paul Orlaad, représentant du Sud, arrondissement Santiago, membre du Cercle Opposite. Crime : désœuvrement. Châtiment : mise à mort.* »

Le projecteur s'éteignit et le visage s'évanouit. Le menvatt rangea l'appareil et exposa une canne en or qu'il avait jusque-là gardée derrière son dos.

— Alors, c'est pour Orlaad que vous êtes venu ? demanda Yasmine qui ne pouvait s'empêcher de ressentir un certain soulagement. (Peut-être avait-elle encore une chance de s'en sortir vivante.)

L'homme ne répondit rien et appuya sur le pommeau de sa canne. Une fine lame jaillit de l'extrémité inférieure, donnant à la canne l'allure d'un fleuret. En un mouvement à la fois vif et gracieux, le menvatt glissa la fine lame sous le menton de la femme et l'appuya sur sa gorge.

— Qui vous a demandé d'approcher le représentant Orlaad? demanda-t-il.

— Je...

La salive s'épaissit soudain dans la gorge de Yasmine. Elle voulut avaler, mais se ravisa, craignant d'être blessée par la lame du menvatt qu'elle devinait bien affûtée.

— Je... ne peux pas...

— Dites-moi qui vous a engagé pour voler les secrets du Cercle Opposite.

Le menvatt éloigna la lame d'un millimètre, pour la laisser respirer.

— Un arcuride...

— Son nom?

— Optomax... souffla-t-elle.

C'est à ce moment que les arcurides défoncèrent la porte et déboulèrent dans la chambre, armes aux poings.

— Halte! Ne bougez plus! cria l'un d'eux (probablement le sympathique, se dit Yasmine. Le dur à cuire n'était pas du genre à perdre du temps en bavardages).

Avec l'agilité et la rapidité d'un félin, le menvatt contourna le lit et planta sa lame dans la poitrine du représentant. Les deux arcurides ouvrirent le feu dans sa direction, mais le clown vengeur réussit sans peine à éviter les rayons mortels de leurs démembreurs. Yasmine eut tout juste le temps de se jeter par terre : un rayon traversa la pièce et passa au-dessus de sa tête (*un rayon qui aurait pu la décapiter*, se dit-elle plus tard.) Elle s'assura de ne plus être dans la ligne de mire des tireurs, puis s'agenouilla, tendit le bras par-dessus le matelas et s'empara de l'esvographe qui était toujours posé sur le front d'Orlaad. Le menvatt lui lança un regard glacial : elle avait été plus rapide que lui. Il évita encore plusieurs tirs, puis leva sa canne au-dessus du lit et, en un mouvement sec du poignet, lui dessina une estafilade sous l'œil gauche. Elle se recroquevilla sur elle-même, tout en portant les mains à son visage. La blessure lui brûlait la joue. Elle sentait le sang chaud qui coulait sur son menton et dans son cou.

Les deux arcurides avancèrent vers le menvatt. C'était une question de temps avant qu'ils ne l'atteignent avec leurs rayons démembreurs. Il n'y avait aucune échappatoire possible : aucune porte, aucune fenêtre par où le menvatt pouvait s'enfuir. Coincé, celui-ci recula jusqu'au mur. Il joua avec le pommeau de sa canne et la lame fut remplacée par un petit harpon noir. Il y eut un petit bruit métallique et le harpon alla se ficher derrière les arcurides, juste au-dessus de la porte par laquelle ils étaient entrés. Le harpon était relié à l'extrémité de la canne par un mince câble aux reflets d'argent. Le menvatt agrippa solidement la canne et appuya une nouvelle fois sur le pommeau. Il fut aussitôt tiré vers l'avant et traversa la pièce en une fraction de seconde, exactement comme si le câble s'était enroulé à grande vitesse autour d'un treuil situé à l'intérieur de la canne. Les arcurides n'eurent pas le temps de réagir : le menvatt passa entre eux à la vitesse de l'éclair.

Il leur arracha leurs armes au passage et les jeta dans un coin de la pièce.

— À une prochaine fois, messieurs ! lâcha-t-il, railleur, avant de disparaître.

Son rire fit écho dans le couloir. Les deux arcu-rides se dépêchèrent d'aller récupérer leurs armes et se lancèrent à la poursuite du clown. Yasmine se demanda ce que pouvaient bien faire deux jeunes arcurides contre un menvatt de ce calibre. Bien qu'elle ne connaisse rien aux Odi-menvatts, celui-là lui avait semblé passablement expérimenté.

Elle jugea qu'il est était aussi temps pour elle de quitter cet endroit. Elle se releva, prit une taie d'oreiller et s'en servit comme compresse. Elle l'ap-puya contre sa joue, espérant que cela contiendrait le sang qui s'échappait de sa blessure. Ce salaud l'avait marquée, comme on marque une bête.

Yasmine alla dans la salle de bains et s'examina dans la glace :

— Rien que les recyclodermes ne pourront ar-ranger, déclara-t-elle à voix haute en épongeant sa plaie.

CHAPITRE 9

Les arcurides
et l'Odi-menvatt

— Où est-il allé ? s'écria Kristo en s'engageant dans le couloir à la suite de son coéquipier.

Utah désigna l'ascenseur.

— Sur le toit, dit-il.

Il était inutile d'attendre qu'un autre ascenseur se libère ; ils s'engouffrèrent dans la cage d'escalier et gravirent quatre à quatre les trois étages qui les séparaient du toit. Utah donna un coup de pied dans la porte qui donnait sur le stationnement et ils sortirent tous les deux dans la nuit, se couvrant l'un l'autre avec leurs armes respectives. La lune était la seule source de lumière.

— Je ne le vois pas ! cria Kristo. Il a bousillé les réverbères !

— Là-bas ! fit Utah en pointant une ombre qui se faufilait entre deux jets S.P.E.E.K., à environ une vingtaine de mètres sur leur gauche.

Ils reprirent la course et se dirigèrent vers les S.P.E.E.K.

— Va à droite ! lança Utah.

Kristo obéit et contourna le premier jet par la droite, tandis que Christopher fonçait entre les

deux appareils, comme l'avait fait le menvatt. Peut-
être réussissaient-ils à l'encercler d'une manière ou
d'une autre. Kristo avait presque atteint la proue du
S.P.E.E.K. lorsque le menvatt surgit devant lui. Pour
l'arcuride, tout se passa au ralenti : il leva son arme
et voulut la pointer sur le menvatt, mais celui-ci
fit pivoter ses hanches et asséna un coup de pied
en plein visage à Kristo, qui tomba sur le dos. Le
derrière de son crâne alla violemment heurter le
macadam du stationnement. Il crut pendant un instant qu'il allait perdre connaissance, mais la noirceur ne vint pas. La lune l'éclairait toujours de son
aura. Là, étendu par terre, il se demanda comment
il avait pu être aussi lent à réagir. On l'avait pourtant
entraîné à ce genre de situation ; on lui avait appris
à se battre, à parer la majorité des attaques de l'art
Odi. Comment avait fait le menvatt pour agir avec
autant d'agilité ? C'était plus rapide que tout ce qu'il
avait jamais vu auparavant.

La voix grave d'Utah se fit entendre :

— Ne bouge pas, dit-il.

Sans doute s'adressait-il au menvatt.

— Éloigne-toi, poursuivit Utah. Lentement.

Kristo releva la tête. Son cou et sa mâchoire lui
faisaient mal, mais il n'avait rien de cassé.

— Attention…, dit-il pour prévenir son collègue.
Il est… Il est très rapide…

Le menvatt faisait face à Utah. Il avait les bras
levés en signe de reddition, mais tenait toujours sa
canne en or.

— Laisse tomber ta putain de canne ! lui ordonna
Utah.

Le menvatt mit du temps à réagir. Il baissa lentement le bras et finit par lâcher la canne. L'objet roula loin de son propriétaire dans un bruit de métal creux.

— Reste où tu es, vieux, dit Kristo en se relevant. (Il était encore étourdi.) Garde-le en joue, mais ne t'approche surtout pas de lui. C'est un menvatt de premier niveau. Sûrement un formateur ou un autre spécialiste du genre.

Utah acquiesça.

— Quel est ton nom? demanda le menvatt.

Il s'était adressé à Utah, mais Kristo ne fut pas surpris du silence de son collègue. Il se pencha, prit son démembreur et le pointa lui aussi sur le menvatt.

— Quel est ton nom, arcuride? répéta le menvatt.

— Inutile d'insister, il ne vous répondra pas, dit Kristo. Soyez aimable et déclinez plutôt *votre* identité.

— Vous savez qui je suis, rétorqua le menvatt.

— Tout ce que nous savons, c'est que vous aimez les costumes de clown!

Le menvatt observa Kristo un moment, puis sourit. L'éclat de la lune fit briller ses petites dents pointues. Qu'espérait cet homme? se demanda Kristo. Le provoquer?

— Ça suffit, maintenant, dit Utah. On l'embarque.

Kristo pointa son démembreur sur le menvatt.

— Tu n'es pas assez courageux pur me tuer, lança le clown en ricanant.

Kristo posa un doigt sur la gâchette de son arme. Utah le vit faire :

74

— Kris, ne le tue pas. Il nous le faut vivant.

Kristo tenta de se raisonner : *Utah a raison*, songea-t-il. *Tu dois te calmer.*

Il baissa son arme, conscient qu'Optomax et les autres arcurides ne lui pardonneraient pas d'avoir désarticulé le tout premier menvatt à être capturé vivant. En outre, il supposa qu'une promotion n'était pas à exclure, si jamais Utah et lui réussissaient à ramener une telle prise.

Utah fit un pas vers le menvatt.

— Allez, avance, lui ordonna-t-il.

Le menvatt fit demi-tour et commença à marcher. Kristo lui indiqua la voie à suivre (voie qui menait directement à leur patrouilleur). C'est à mi-distance que les deux autres menvatts leur tombèrent dessus. Les arcurides ne virent que deux ombres se faufiler entre eux. Kristo reçut un coup à la poitrine et un autre sur le menton. Il se plia en deux et aperçut l'arme de son collègue glisser sur le sol devant lui. La chose qui l'avait frappé était aussi dure que le roc. Il jeta un bref regard sur sa droite : apparemment, Utah se trouvait en tout aussi mauvaise posture que lui. On lui donna un autre coup sur la nuque et il alla retrouver le macadam froid et humide. Utah et lui gisaient tous deux au sol, le souffle coupé, ayant sans doute été frappés par le même objet. *Un pommeau de canne*, se dit Kristo. *Ce ne peut être qu'un de leurs satanés pommeaux de canne.*

Un cri perçant de victoire résonna dans la nuit (qui faisait penser aux cris des Indiens dans les vieux westerns, expliqua plus tard Kristo) et fut suivi par une série de rires aigus (tous plus diaboliques les uns que les autres), qui prirent fin aussi vite qu'ils avaient débuté.

Quelques secondes s'écoulèrent. Le seul bruit que Kristo percevait maintenant était le toussotement d'Utah, qui tentait de reprendre son souffle.

— Il nous a échappé, dit ce dernier d'une voix rauque.

Il était à quatre pattes et tentait de se relever. Kristo s'assit et remplit ses poumons d'air.

— On ne pouvait pas prévoir que ses amis passeraient dans le coin, fit-il en inspirant douloureusement.

Utah vint s'asseoir près de lui.

— Orlaad est mort, poursuivit Kristo, et le menvatt a foutu le camp… (il marqua un temps.) Il nous reste la fille…

— La fille ? répéta Utah. Tu veux dire la pute ?

— On pourrait l'interroger…

Utah secoua la tête.

— Ne te fais pas d'illusions, répondit-il, elle a déjà foutu le camp.

CHAPITRE 10

Menvatt et compagnie

Le jet filait en direction du Sud. C'est Thibey qui était aux commandes.

— Un esvographe? répéta Gramal.

John Lithargo retira son feutre, ainsi que son imperméable et les jeta dans une mallette prévue pour accueillir chacune des composantes de sa tenue de menvatt. Le nez de clown et les prothèses dentaires s'y trouvaient déjà.

— Je n'ai pas réussi à le récupérer, dit-il.

Lithargo s'en voulait, c'était clair. Il alla retrouver Thibey à l'avant de l'appareil et s'installa sur le siège voisin du sien. Les Vallées du Centre défilaient devant leurs yeux, à travers la baie vitrée du cockpit.

— Ne me dis pas que cette pute a été plus rapide que toi! lança Thibey en réajustant le cap.

Lithargo acquiesça.

— Étonnant, n'est-ce pas?

Gramal se débarrassa à son tour de son costume et vint les rejoindre.

— Elle a été embauchée par les arcurides, tu crois?

— Par Optomax, répondit Lithargo. Mais elle a attendu d'être seule avec Orlaad pour agir. Les deux arcurides n'étaient au courant de rien.

Thibey se tourna vers lui.

— Alors, c'est le gouvernement légitime qui est derrière tout cela ? Siberfax prendrait le risque d'embaucher une prostituée ?

— Il s'est servi d'Optomax comme d'un intermédiaire.

Lithargo fit une pause, puis reprit :

— Une chose est certaine, mes amis, Siberfax commence à avoir peur.

— Et c'est bien ou pas ? demanda Gramal.

— On ne peut prévoir les réactions d'un homme qui a peur, répondit Lithargo. Il peut décider de ne pas agir tout de suite, d'attendre d'avoir tous les éléments en main avant d'élaborer une stratégie, ou au contraire, il peut décider d'intervenir dès maintenant, afin de réduire promptement ses adversaires au silence avant qu'ils ne contaminent le reste de ses « sujets ».

— Ne prendrait-il pas le risque de nourrir davantage le mécontentement populaire ? s'enquit Gramal.

— Le mécontentement populaire ? fit Thibey. Mais quel mécontentement populaire ? Les citoyens n'en ont rien à faire des tractations de Siberfax et de sa bande. Jamais ces abrutis ne s'élèveront contre leur maître-pourvoyeur, en tout cas, pas tant qu'il continuera à les gaver de drogues et de jeux. Même les représentants du Cercle Opposite hésitent à dénoncer les politiques impérialistes de Siberfax ! L'Ordre Odi-menvatt est le seul instrument de révolte dont dispose notre communauté !

— Jamais nous ne convaincrons les menvatts de s'unir pour renverser Siberfax, affirma Gramal. Et même si nous y arrivions, les troupes du Nord sont beaucoup trop nombreuses. Ils nous écraseraient en moins de temps qu'il n'en faut pour revêtir nos costumes! Arcurides et légiokhans nous traqueraient sans relâche, jusqu'à ce qu'ils aient déniché le dernier d'entre nous!

— Et alors? fit Thibey. Nous aurions combattu, au moins...

— Tu ne comprends pas.

— Il faut regrouper les adeptes de la religion Odi et former un gouvernement parallèle, intervint soudain Lithargo.

Un silence plana pendant lequel Gramal et Thibey échangèrent des regards incertains.

— Qu'est-ce que tu as dit? demanda Thibey.

— Il faudra nous réunir au sein d'un gouvernement parallèle, une fois que nous aurons éliminé tous les membres du Cercle Opposite, dit Lithargo. C'est la seule solution.

L'étonnement se dessina sur les traits plats de Gramal.

— Tu veux dire... un gouvernement illégitime, comme celui de 2080?

Lithargo acquiesça.

— Il faut proposer une autre possibilité aux citoyens, c'est la seule façon de les inciter à rejeter les politiques du gouvernement actuel.

— Siberfax ne laissera jamais faire une telle chose, fit remarquer Thibey.

— Comment pourra-t-il l'empêcher? dit Lithargo. Lyncher des menvatts est une chose, mais faire assassiner d'honnêtes citoyens qui s'unissent pour contester l'autorité en est une autre. Cela éveillerait tout d'abord la crainte, puis la colère chez la population, et c'est ce que nous voulons.

Gramal releva un sourcil; il comprenait où son collègue voulait en venir.

— Ça t'arrangerait bien d'avoir des martyrs, pas vrai?

Lithargo inspira profondément.

— Ça pourrait nous être fort utile, effectivement. Notre monde s'enlise de plus en plus dans l'indifférence. Bientôt, il ne nous restera plus que ce genre de provocation pour tirer nos gens du marasme.

— Il faut leur montrer le vrai visage de Roddlar Siberfax, ajouta Thibey. Et pour cela, le sang doit couler...

— Jamais aucun adepte Odi n'aura le courage de s'associer publiquement à un tel projet, soutint Gramal.

— Alors, nous mentirons quant aux nombres d'adhérents, dit Lithargo. L'important n'est pas de bâtir un gouvernement fort, qui puisse concurrencer celui de Siberfax, mais plutôt de faire circuler des idées nouvelles et de créer un courant de sympathie pour ceux qui osent remettre en question les visées du gouvernement légitime. Le courage de nos concitoyens se manifestera tôt ou tard, vous verrez. Bien souvent, il suffit que quelques voix s'élèvent contre l'autorité pour dissiper la peur.

— Si Siberfax commet l'erreur d'intensifier les mesures de répression, affirma Thibey, eh bien qui sait ? Peut-être aurons-nous la chance de soulever la majorité de la population contre lui.

— Tu crois vraiment que ce soit la seule solution? demanda Gramal.

— Nous ne réussirons jamais autrement, répondit Lithargo.

Il n'y avait rien à ajouter. Force était d'admettre que Lithargo avait raison : pour réussir à déloger Siberfax, il leur fallait l'appui des citoyens. Et la seule façon de l'obtenir était de les rallier à une cause. Arriveraient-ils à les convaincre de s'unir pour renverser le gouvernement de Siberfax? Il le fallait. Il le fallait absolument. Sans quoi, ils ne réussiraient jamais à mettre un terme à ce règne de terreur.

Le soleil se leva à l'est et ses premiers rayons réchauffèrent l'intérieur du cockpit. Le jet S.P.E.E.K. survola la mer de l'Équateur et poursuivit sa route vers les cités du Sud.

CHAPITRE 11

Mission accomplie

Ils se retrouvèrent à l'endroit habituel. Il lui servit une coupe de vin, puis lui proposa de s'étendre sur le lit, mais elle refusa, prétextant qu'il ne fallait pas mélanger le sexe et les affaires.

— Je ne te savais pas aussi sage, répondit-il.

Il lui demanda ensuite si elle avait apporté l'esvographe. Elle acquiesça, mais exigea de recevoir son argent et son titre avant de le lui remettre.

— Tu ne me fais pas confiance?

Elle secoua la tête.

— Pas du tout, non, fit-elle avec un sourire en coin. Alors, tu le veux cet enregistrement?

Optomax sourit à son tour et lui tendit le bout de papier qui confirmait qu'elle venait de passer au niveau cinquième ciel. Elle examina le document en détail afin de s'assurer que tout était en ordre. Elle fut rapidement satisfaite : sa maquerelle avait apposé sa signature au bas de la page, tel que convenu. Elle vérifia ensuite le sceau de la Guilde du plaisir et constata – non sans un certain ravissement –, qu'il était bel et bien authentique.

— Ça te va? J'ai fait virer l'argent dans ton compte mercuride.

— Tout me semble parfait, répondit Yasmine.

Elle sortit l'esvographe de son sac.

— C'est une chance que j'aie pu le récupérer, dit-elle en lui donnant le petit appareil.

— Que veux-tu dire?

Elle marcha jusqu'au bar et se servit une autre coupe de vin.

— Tu ne devineras jamais qui s'est invité à notre petite soirée.

Elle le fit mijoter un moment, puis dit :

— Un clown vengeur.

L'arcuride fut incapable de cacher sa surprise :

— Un menvatt?

— On dirait bien que tu n'es pas le seul à t'inté-resser aux représentants du Sud, mon chéri.

— Que voulait-il?

— Ce qu'il voulait? La mort d'Orlaad, apparemment.

— Il l'a tué?

Yasmine fit signe que oui.

— Pourquoi a-t-il fait ça?

— Je ne sais pas, répondit la jeune femme.

— Il n'a rien dit?

— Il a fait jouer un courriel holographique qui accusait Orlaad de désœuvrement.

Optomax fit quelques pas dans la pièce avant de s'adresser de nouveau à la prostituée :

— Il y a beaucoup de matériel là-dessus? deman-da-t-il en exhibant l'esvographe.

— Je ne crois pas, non. Je n'ai pu enregistrer que la première phase de sommeil paradoxal.

Optomax serra les lèvres. Le doute se lisait sur son visage.

— Espérons que ça suffira.

CHAPITRE 12

Douche chaude
et confiture

La première chose que fit Kristo en rentrant fut de prendre une douche. Il demeura sous les jets bouillants pendant plus de 25 minutes, 25 minutes pendant lesquelles il ne put s'empêcher de refaire la chronologie des derniers évènements. Utah et lui étaient retournés dans la suite sitôt après la confrontation avec le menvatt pour constater que la prostituée avait bel et bien disparu. Ils avaient ensuite joint les membres de l'unité spéciale de recouvrement, afin qu'ils viennent chercher le corps du représentant. Deux arcurides s'étaient également présentés sur les lieux. C'est à eux qu'ils avaient fait leur rapport. «Nous procéderons nous-mêmes à l'enquête», avaient déclaré les deux hommes avant de les laisser partir. Il arrivait parfois que les arcurides se chargent des enquêtes, mais c'était plutôt rare. D'ordinaire, cette tâche était confiée aux simples légiokhans. Kristo se demanda pourquoi les arcurides étaient intervenus aussi vite. Était-ce à cause du menvatt? *Le menvatt*, se dit-il. Pourquoi cet homme provoquait-il autant de colère chez lui?

Kristo sortit de la salle de bains et fut tout de suite happé par l'odeur de café en provenance de la cuisine. Elie avait sans doute préparé le petit déjeuner. Il passa dans la salle à manger et fut heureux de constater qu'il ne s'était pas trompé.

— Où est Utah? demanda Kristo en s'asseyant à la table.

— Dans sa chambre, répondit Elie en lui présentant une assiette dans laquelle se côtoyaient saucisses et œufs brouillés.

— Il va venir manger?

Elie haussa les épaules.

— Je ne sais pas. Il ne m'a rien dit.

Kristo s'attaqua à la première saucisse. Elie déposa devant lui une tasse de café bien chaud, ainsi qu'un panier de petits pains rôtis.

— Il est toujours comme ça? demanda-t-elle.

Kristo opina du bonnet.

— Il n'a jamais beaucoup apprécié la compagnie des humains.

— Vous diriez que c'est un homme bien?

Kristo réfléchit quelques instants avant de répondre.

— Je ne saurais dire. Pourquoi cette question?

— Il me fait peur.

Kristo se mit à rire.

— Il me fait peur à moi aussi.

— Mais vous êtes... son ami.

— Je suis son partenaire, précisa Kristo. On ne nous laisse pas la possibilité de choisir en sortant de l'académie.

— Vous auriez aimé être jumelé à quelqu'un d'autre?

Il réfléchit un instant.

— Utah est efficace. Il m'a sauvé les fesses plus d'une fois. Pour l'instant, il me convient.

Elie lui sourit.

— Vous aimeriez avoir de la confiture de fraises?

— On en a?

— J'en ai fait quelques pots hier soir. Avec de vraies fraises, pas des reproductions.

Kristo lui rendit son sourire :

— Tu es fantastique!

L'arcuride prit le pot qu'elle ramena de la cuisine et étendit une bonne part de confiture sur son pain.

— Utah! cria-t-il assez fort pour que l'autre l'entende de sa chambre, amène-toi! Il y a de la confiture de fraises au menu!

CHAPITRE 13

Conseil privé

Leander Furio leur fit un résumé à voix haute du rapport rédigé par les deux légiokhans qui avaient fait enquête.

— Je ne comprends pas, dit Vega une fois que Furio eut conclu. Pourquoi avoir tué Orlaad? Il était originaire du Sud, comme la plupart des membres du Cercle Opposite. Ces hommes ne sont-ils pas les plus grands promoteurs de la religion Odi? Pourquoi les menvatts voudraient-ils s'en prendre à leurs plus fervents alliés?

Les ministres présents étaient regroupés autour d'une longue table ovale. Le premier ministre occupait le siège du bout. Tendac, son conseiller particulier, était installé à sa droite. Les autres étaient répartis des deux côtés de la table. Il y avait Gemini Hicks, le ministre de la Défense, Philippe Oswald, le ministre de la Sécurité intérieure, Fred Robinson, le solliciteur général, Jared Jarrow, le ministre de l'Information et enfin, Fidel Vega, le ministre des Territoires.

— Les temps changent, expliqua Tendac. La religion perd de son influence. Le pouvoir politique demeure la seule constante dans notre monde. De plus en plus de gens savent que nous ferons bientôt main basse sur les cités de l'Est. Les membres du Cercle Opposite ne sont pas différents des autres : ils veulent leur part du gâteau. Les menvatts craignent que les représentants du Sud finissent un jour par les trahir. N'est-il pas plus sage de se débarrasser de ses amis, plutôt que de les laisser rejoindre l'ennemi?

— Ces salauds de menvatts ont toujours été contre toute forme de pouvoir! déclara Oswald. Ce sont de vulgaires mercenaires, incapables de se soumettre à l'autorité.

— Que pouvons-nous tenter contre eux? demanda Jarrow.

— Absolument rien, répondit Robinson. Ils agissent dans l'ombre. Il nous faudra une éternité pour les attraper tous.

— Laissons-les faire, proposa Furio.

Le silence tomba. Tous les visages se tournèrent vers l'arcuride.

— Que voulez-vous dire? demanda Oswald qui se faisait le porte-parole de la tablée.

— Réfléchissez : leurs activités du moment nous sont-elles si préjudiciables?

Tendac approuva, comprenant où Furio voulait en venir.

— Il a raison. Laissons les menvatts nous débarrasser du Cercle Opposite.

Tous les ministres approuvèrent, sauf Hicks, qui s'abstint de tout commentaire. Le solliciteur général Robinson demanda ensuite à Furio s'il était possible de voir l'enregistrement de l'esvographe.

— Voici les données rapportées par l'arc-lieutenant Optomax, dit Furio (l'écran géant derrière lui projetait déjà les premières images).

Malheureusement, l'appareil n'a pu enregistrer que le tout premier rêve. Vous constaterez que l'enregistrement n'est pas de très bonne qualité.

Effectivement, les images n'étaient pas très claires. L'écran semblait recouvert d'une mince pellicule de givre. On arrivait tout de même à discerner trois hommes qui se tenaient debout au centre d'un grand espace, difficilement identifiable.

— À quoi assistons-nous là? demanda le premier ministre.

— Il s'agit d'une assemblée, répondit Furio. Remarquez l'assistance, ici, à droite.

— Ces trois hommes s'adressent aux membres du Cercle Opposite, n'est-ce pas? intervint Tendac.

— C'est ce que nous croyons, monsieur.

— Aucune bande sonore? demanda Oswald.

Seul un bourdonnement résonnait dans les haut-parleurs.

— Non, mais nos spécialistes ont réussi à reconstituer les paroles prononcées par le deuxième homme, celui du milieu, surtout grâce aux mouvements de ses lèvres.

— Que dit-il?

— Il requiert l'aide des représentants pour contrer les visées expansionnistes de notre gouvernement.

— Vous avez réussi à l'identifier?

— Son nom est John Lithargo, dit Furio. C'est un Odi-menvatt de premier niveau.

— Qui sont ceux qui l'accompagnent?

— Thomas J. Thibey et Alfred Gramal, deux autres menvatts.

— Quelle technologie fascinante! lança Fidel Vega qui ne ménageait pas son enthousiasme. Ça s'est vraiment déroulé ainsi?

— Nous pouvons l'affirmer à 85 %, répondit le général Furio.

— Quelles conclusions faut-il tirer de tout ceci ? demanda Oswald.

C'est Gemini Hicks qui prit la parole :

— Je continue de prétendre qu'il faut envahir les cités du Sud avant celles de l'Est. Qu'arrivera-t-il si les menvatts réussissent à convaincre les citoyens de prendre les armes et de combattre à leurs côtés ?

— Ça n'arrivera jamais, répliqua Jarrow, le ministre de l'Information. Les citoyens sont trop bien contrôlés.

— Et pour prendre les armes, ajouta Oswald, il faudrait déjà qu'ils en possèdent.

— Ne sous-estimez pas les menvatts, messieurs, dit Robinson. Ils sont intelligents et rusés.

Ce fut au tour du premier ministre d'intervenir :

— La question est celle-ci, messieurs : voulons-nous oui ou non éliminer les Odi-menvatts ? Est-il préférable de lancer la chasse dès maintenant ou d'attendre qu'ils aient terminé leur purge ? Ils sont craints par la population, certes, mais aussi respectés par elle.

— Vous savez ce que j'en pense, monsieur, répondit Tendac. Une seule raison pousse les menvatts à s'opposer à vous : la crainte de ne plus pouvoir entretenir leur petit commerce de vengeance le jour où votre autorité souveraine s'étendra sur tout le continent. (Il marqua un temps.) La nouvelle génération de menvatts n'en a rien à faire d'Odi et du respect de ses enseignements. Croyez-moi, ce qu'ils veulent vraiment, c'est de se remplir les poches...

— ... et de voir le sang couler, ajouta Oswald. Ils adorent ça : ils sont conditionnés à punir, à châtier,

en usant les méthodes les plus barbares qui soient.
Comment, tôt ou tard, ne pas y prendre plaisir?

— Que me conseillez-vous, alors? demanda
Siberfax.

— Laissez les Odi-menvatts de côté pour l'instant,
déclara Tendac. Il sera plus aisé de les combattre
plus tard, lorsque vous contrôlerez les territoires
du Sud (Fidel Vega acquiesça, appuyant ainsi les
propos de Tendac). Consolidez plutôt votre pouvoir.
Renforcez vos appuis. Rassurez les citoyens.

— Et puis, qui nous dit que les jeunes menvatts ne
s'allieront pas à notre cause lorsqu'ils comprendront
où se situe leur intérêt? dit Vega. Nous savons tous
qu'ils feraient de redoutables arcurides, n'est-ce pas,
arc-général?

Leander approuva d'un signe de tête.

— Cela signifie-t-il que nous devrons remettre à
plus tard nos projets d'invasion? demanda Gemini
Hicks.

— Il nous faut tout d'abord convaincre la population de la nécessité d'une telle opération, dit
Jarrow.

— Et combien de temps cela prendra-t-il?

Tendac foudroya le ministre du regard, puis
répondit :

— Le temps qu'il faudra.

CHAPITRE 14

Mauvaises nouvelles

Le réveil fut brutal pour Thibey et Gramal ce matin-là. Lithargo fit tinter leur vidéophone un peu avant l'aube et leur ordonna de se présenter chez lui dans les plus brefs délais, ce qu'ils firent.

— J'ai trouvé ça dans mon graveur-décrypteur, leur dit-il lorsqu'ils se présentèrent enfin. Il porte le sceau des Odi-meschikhâs.

— Qu'est-ce c'est? demanda Gramal.

— Regarde.

Il lui passa le document. C'était un communiqué classé confidentiel. Il provenait de la chambre des représentants.

— Les représentants du Sud – *nos* représentants – ont convenu d'imiter leurs confrères du Nord et d'accorder publiquement leur confiance à Siberfax, expliqua Lithargo.

Thibey s'approcha et tenta de lire par-dessus l'épaule de Gramal.

— Incroyable…, murmura ce dernier. Il parcourut le communiqué en entier avant d'ajouter :

— Même les membres du Cercle Opposite ont approuvé la motion! Bon sang, leur rôle est de questionner les politiques du gouvernement, pas de les cautionner!

— Comment réagira la population? demanda, inquiet, Thibey.

— Elle finira par se rallier aux représentants, répondit Lithargo. Et c'est exactement ce que Siberfax veut.

— Il a bien joué son coup, le salaud, laissa tomber Gramal. Il faut tout de suite en informer le conseil de l'Ordre. Sans opposition, Siberfax pourra faire ce qu'il veut.

— Si vous voulez mon avis, déclara Thibey, il est plus que temps d'avoir de nouveau recours au gouvernement illégitime.

Lithargo secoua la tête.

— Il y a quelque chose de plus pressant, dit-il.

Gramal et Thibey échangèrent un regard.

— Tu veux parler de l'élimination des représentants? lui demanda Thibey.

Le menvatt acquiesça :

— Je peux vous promettre une chose, mes amis : jamais nous n'aurons autant mérité notre surnom de «clowns vengeurs».

— L'élimination des représentants fournira à Siberfax l'excuse idéale pour envahir nos territoires, expliqua Gramal. Il lui sera facile de convaincre la population de laisser entrer ses troupes dans Mirage-Sud afin qu'elles puissent assurer la sécurité des institutions politiques. Les agents de propagande feront circuler de fausses informations à notre sujet, ils laisseront entendre que les Odimenvatts sont devenus fous et que leurs actes représentent une menace à la sécurité nationale.

— Je sais tout cela, Al, répondit Lithargo en soupirant. Mais pose-toi cette question : avons-nous

vraiment le choix ? Qu'arrivera-t-il si nous ne faisons rien, si nous laissons les représentants du Sud
vendre nos cités à Siberfax ? Les gens du pays ma-
nifesteront leur désaccord, certes, mais jamais ils
ne prendront les armes pour empêcher l'annexion.
Nous devons faire bouger les choses afin d'éveiller
les consciences de nos concitoyens. Tôt ou tard, ils
comprendront, ils cesseront d'avoir peur, et se ral-
lieront à notre cause. Pourquoi les citoyens ne pourraient-ils pas défier leur gouvernement ? Pourquoi ne
pourraient-ils par faire tomber le système politique,
puisqu'il ne sert qu'à une classe de gens ?

— Pourquoi ? fit Gramal. Parce que cela engen-
drerait une réaction en chaîne, parce que notre société, telle que nous la connaissons, risquerait de
s'effondrer.

— Si notre société doit s'effondrer afin d'être
reconstruite, alors soit ! affirma Lithargo. Il n'est
jamais conseillé de bâtir sur des fondations pourries,
Al. (Il marqua un temps.) Ne vous faites pas d'illusions : c'est bien de révolution dont je vous parle.

Gramal secoua la tête. Il n'était toujours pas d'accord. *Il n'abandonnera pas aussi facilement*, se dit
Lithargo.

— Nous ne pouvons rien tenter sans l'appui du
conseil, répliqua Gramal. Nous avons déjà outre-
passé nos droits dans le cas de Paul Orlaad.

— L'Ordre nous supportera, dit Lithargo. Les
menvatts sont ceux qui ont le plus à perdre dans
cette histoire. La première chose que feront les arcurides, ce sera de chasser les menvatts des territoires
du Sud. Les Honorés le savent et ils feront tout ce
qu'il faut pour préserver la viabilité de notre ordre.

CHAPITRE 15

Promotion

— Vous avez fait de l'excellent travail, messieurs.
Roman Optomax se tenait debout, derrière son
bureau. Derrière lui s'élevaient les hautes tours des
quartiers commerciaux de Mirage-Nord. Les im-
menses fenêtres murales qui ceinturaient la pièce
permettaient également d'apercevoir les tourelles
industrielles des cités plus au nord, au-delà de la
muraille protectrice.

L'arc-lieutenant invita les deux arcurides à s'asseoir. Il prit ensuite place dans son fauteuil rem-
bourré et les observa un instant.

— Jamais aucun arcuride avant vous n'avait survécu à une confrontation avec un menvatt. J'ai lu
votre rapport ; il renferme une mine incroyable
d'informations concernant la façon d'opérer des
menvatts. Ces informations nous seront très utiles,
croyez-moi. Et peut-être plus tôt que vous ne le
pensez. Encore une fois bravo !

— Merci, monsieur, répondit modestement
Kristo.

— Vous souhaitez tous les deux servir le premier
ministre en tant qu'arcurides, n'est-ce pas ?

— C'est exact, monsieur.

— A-t-on découvert les legs du Grand Arcure dans votre A.D.N.?

Court moment d'hésitation de la part de Kristo.

— Seulement dans le sien, dit-il en désignant Utah.

Optomax ne sembla pas s'en étonner.

— Avez-vous procédé à l'actualisation de vos profils prophétiques récemment?

— Oui, monsieur.

— Et qu'annoncent-ils?

— Que nous accéderons au stade distinctif, répondit Kristo.

— Tous les deux?

— Oui, monsieur.

— Hum, pas étonnant que les formateurs aient décidé de vous faire faire équipe. Tout ça est très bien. Je crois sincèrement que votre avenir au sein de l'organisation est plus que prometteur...

Optomax s'arrêta un instant. Les deux arcurides s'abstinrent de tout commentaire, devinant que le lieutenant allait poursuivre.

— J'ai le plaisir de vous annoncer, messieurs, que vos deux candidatures ont été acceptées. À partir de maintenant, vous faites tous les deux partie des forces obscures.

Kristo se tourna vers Christopher pour chercher dans le regard de son coéquipier un indice qui confirmerait qu'il ressentait le même émoi que lui. Mais c'était sous-estimer Utah, il aurait dû le savoir; ce dernier n'avait pas bronché. Il restait de marbre, comme à son habitude.

— C'est... C'est formidable, monsieur, dit Kristo en reportant son regard sur l'arc-lieutenant.

Kristo avait rêvé de ce moment depuis ses premiers jours à l'académie des arcurides. *Servir en tant qu'agent des forces obscures*, se dit Kristo. *C'est le rêve de tout jeune champion.*

— Je... Je ne sais pas quoi dire..., ajouta-t-il. Merci... Merci beaucoup, monsieur.

Le lieutenant se tourna vers Utah qui ne manifestait toujours aucune émotion.

— Et vous, cela vous satisfait-il ? lui demanda Optomax.

Le ton de sa voix laissait transparaître une légère inquiétude. Kristo espéra qu'Utah ne leur servirait pas une de ses réponses contrariantes. Ses espoirs furent déçus :

— J'ai toujours bien servi mon gouvernement, dit Utah sans sourciller. Je continuerai donc à le faire.

Ce n'était visiblement pas la réponse à laquelle s'attendait le lieutenant, mais il donna tout de même l'impression que cela lui convenait. Il se racla la gorge, puis dit :

— Vous avez raison, mon bon ami. L'important est de rester fidèle à ses engagements.

Il s'adressa ensuite à Kristo :

— J'ai déjà parlé à votre commandant ainsi qu'à l'arc-général Furio. Vous commencerez votre formation dans les prochains jours. D'ici trois mois, vous serez en mesure de compléter vos premières assignations.

Optomax se leva et fut aussitôt imité par les deux arcurides. Il leur serra la main et les reconduisit jusqu'à la porte de son bureau. Kristo remercia Optomax une dernière fois. Une fois à l'extérieur, il s'en prit à Utah :

— Qu'est-ce qui t'a pris, Christopher?

Utah ne lui accorda aucune attention et continua de se diriger vers les ascenseurs.

— Nous faisons partie des opérations obscures, ajouta Kristo. N'était-ce pas ce que nous voulions? Ce que *tu* voulais?

— Bien sûr, répondit Utah.

— Alors, pourquoi cela ne te rend-il pas plus heureux?

Utah s'arrêta net et fixa son compagnon.

— Est-il nécessaire d'être heureux? demanda-t-il.

Kristo ne savait pas trop où il voulait en venir.

— Je ne comprends pas, Christopher... Qu'est-ce que tu essaies de me dire?

— Tout est si simple quand on y réfléchit vraiment.

Ils pénétrèrent dans le premier ascenseur qui se présenta et mirent à peine quelques secondes pour franchir les 103 étages qui les séparaient du rez-de-chaussée. Ils firent quelques pas en silence dans le grand hall du complexe militaire arcuride, puis Kristo décida de relancer son coéquipier :

— J'aimerais bien que tu m'expliques, vieux? Y a-t-il quelque chose que tu ne me dis pas?

— Ils ont besoin de nous. De notre enthousiasme.

Kristo approuva.

— Ça, je le sais.

— Beaucoup d'Odi-meschikhâs ont réussi à infiltrer le gouvernement, expliqua Utah.

— Je suis au courant de ça aussi, dit Kristo avec impatience. Et si tu n'arrêtes pas de faire ton numéro, ils vont finir par te prendre pour l'un d'entre eux. Tu sais qu'ils sont tous devenus complètement paranoïaques!

— Le commandant Rekell m'a parlé ce matin, dit Utah, alors qu'ils quittaient le complexe pour se diriger vers leur patrouilleur. Les forces obscures nous affecteront à une unité spéciale qui a pour mandat de démasquer les meschikhâs et de les éliminer.

— Et alors? Ça me plairait bien de faire ce boulot.

— Il arrive que certains membres de cette unité soient affectés à des missions bien particulières.

— C'est-à-dire?

Utah attendit quelques instants avant de répondre.

— Ils doivent infiltrer l'Ordre Odi-menvatt.

Kristo s'immobilisa.

— Tu veux dire que…

— C'est ce qui nous attend, oui.

— Personne n'a jamais réussi à infiltrer l'Ordre des menvatts! protesta Kristo. Tous ceux qui ont essayé ont été pris. Ils ont été torturés, puis tués!

Utah ne dit rien, attendant que son compagnon fasse lui-même ses propres déductions.

— Mais pourquoi croient-ils que nous réussirons là où les autres ont échoué? dit Kristo qui réfléchissait tout haut. Qu'avons-nous de plus que les autres?

Il repensa alors aux paroles de l'arc-lieutenant : «*Jamais aucun arcuride avant vous n'avait survécu à une confrontation avec un menvatt. J'ai lu votre rapport; il renferme une mine incroyable d'informations concernant la façon d'opérer des Odi-menvatts.*

Ces informations nous seront très utiles, croyez-moi. Et peut-être plus tôt que vous ne le pensez. Bravo.»

— Ils vont nous envoyer directement à l'abattoir, lança Kristo pour conclure, non sans une certaine amertume. Tout ça parce que nous sommes sortis vivants d'un affrontement avec ces enragés de clowns.

Utah le gratifia de l'un de ses rares sourires, puis répéta les paroles qu'il avait dites en sortant du bureau d'Optomax :

— Est-il nécessaire d'être heureux ?

CHAPITRE 16

Éradication

Le représentant Arnaud de Trisk n'avait jamais accepté la présence, chez lui, d'un garde du corps. Il préférait se défendre lui-même, «comme tout homme qui se respecte devrait le faire», disait-il en assénant chaque fois une solide tape sur l'épaule de son interlocuteur. Il avait été élevé sur une terre, à Centre-Vallée, un village situé à trois kilomètres au nord de Mirage-Ouest. C'était un homme qui avait appris à la dure, qui avait fait son chemin dans la vie à grands coups de poing et à grands coups de gueule. Ses mains calleuses étaient larges et épaisses. Il paraissait petit, mais d'une redoutable robustesse. «J'ai été sculpté à même la chair coriace de mon père!» se plaisait-il à dire.

Ce soir-là, il prenait un verre dans la cour arrière de sa villa biotope en compagnie de sa conjointe, Ursula, une petite femme délicate et silencieuse. Il avait eu une rude journée. Les débats à la chambre des délibérations du Cercle Opposite lui avaient paru interminables. Tous avaient été d'accord pour examiner la proposition de rapprochement présentée par les représentants du Nord. Tous sauf cet imbécile d'Alec O'Connor. C'était en partie sa faute si les discussions avaient inutilement traîné aujourd'hui. Et de Trisk lui en voulait pour cela. À cause de lui, il était arrivé en retard à la dégustation d'huîtres organisée par le Club intelligentsia de son arrondissement (il n'appréciait pas particulièrement la classe intellectuelle, mais raffolait de la bière et des huîtres). Sa femme lui servit un second verre, puis lui demanda ce qu'il désirait manger pour le dîner. Il lui répondit par un simple grognement.

— Chérie? fit-elle avec sa mièvrerie habituelle (mièvrerie qui, au cours des années, avait fini par écœurer son mari).

Il serra les dents et répondit, agacé :

— Nous sommes invités à un banquet ce soir chez le Grand Coryphée, tu as oublié? Nous mangerons là-bas.

Elle acquiesça, puis sourit, comme pour s'excuser.

— Je crois que je ferais bien d'aller me préparer, alors…

— C'est ça, vas-y!

Elle disparut dans la maison, le laissant seul sur la terrasse. Il vida son verre d'un trait et ce n'est qu'après l'avoir rempli de nouveau qu'il remarqua la silhouette d'un homme à l'autre bout du jardin, qui avançait lentement dans sa direction. Il déposa son verre et se leva.

— Qui êtes-vous?

Aucune réponse.

— Qu'est-ce que vous faites ici?

L'homme continuait son approche silencieuse.

— Fichez le camp! Vous êtes sur ma propriété!

— Ça ne prendra quelques instants, répondit l'homme.

Il était coiffé d'un feutre et portait un long imperméable noir dont les pans effleuraient l'herbe du jardin. Le représentant avait de la difficulté à discerner ses traits dans la noirceur ; ils lui semblaient quelque peu distordus, comme s'ils étaient figés dans une grimace.

— Vous voulez quoi ?

— Ce que je veux ? Mais vous, évidemment, répondit l'homme.

De Trisk sentit une présence derrière lui.

— Chérie ? Tout va bien ?

C'était Ursula. Sans attendre l'avis de son mari, elle alluma le projecteur de la cour arrière. La terrasse, ainsi que la partie sud du jardin, furent aussitôt illuminées par une vive lumière blanche. C'est seulement à ce moment que le représentant réussit à identifier l'intrus. Il s'agissait d'un Odi-menvatt. Ce qu'il avait pris pour une grimace sur le visage de l'homme était en fait un grimage de clown, celui dont se paraient la plupart des menvatts.

— Ursula, retourne à l'intérieur, ordonna de Trisk.

— Mais chérie...

— Fais ce que je te dis ! lui cria-t-il sans quitter le menvatt des yeux.

Elle obéit docilement, comme elle l'avait toujours fait. Il attendit qu'elle soit rentrée avant de s'adresser de nouveau au menvatt :

— Vous êtes venu seul ?

L'homme approuva.

— Que me proposez-vous ? Un combat à mains nues ?

— Non.

Le menvatt écarta l'un des pans de son imperméable afin d'exhiber sa canne en or. Chaque personne qui s'était un jour intéressée de près ou de loin aux menvatts savait que leur canne était une arme redoutable.

— Ai-je besoin de vous mentionner que les chances sont inégales, dit de Trisk.

— Je ne suis pas venu pour me mesurer à vous, mais pour vous tuer.

Le visage du représentant se crispa.

— Lâche !

Le menvatt se mit à rire.

— Je préfère de loin être un lâche qu'un traître, déclara-t-il en faisant jouer sa canne entre ses mains gantées.

— Je n'ai trahi personne !

— Vous vous apprêtez à donner votre appui au gouvernement de Siberfax.

— C'est pour le bien de nos concitoyens !

— Non. C'est pour le vôtre, rétorqua le menvatt.

Le représentant se laissa emporter par la colère :

— Pour qui vous prenez-vous au juste ? Pour des héros ? Tout le monde sait que les menvatts craignent d'être évincés par les forces punitives du gouvernement légitime. Voilà l'unique raison qui vous pousse à vous opposer à lui, à nuire à ses projets d'expansion !

Le menvatt rit de plus belle.

— Vous ne comprenez rien…

Il tourna le pommeau de la canne. Il y eut un petit déclic et une fine lame apparut à l'extrémité de celle-ci. De Trisk serra les poings : il ne mourrait pas sans combattre.

— Approche, salopard!

Le menvatt leva la canne et fit briller sa lame dans la lumière du projecteur. Elle était tachée de sang.

— Alors, je ne suis pas le premier que tu aies tué ce soir, observa de Trisk.

Le menvatt inclina la tête.

— La liste est encore longue, dit-il. Tout autant que cette nuit qui n'en finira plus.

Arnaud de Trisk se jeta en rugissant du haut de la terrasse et bondit sur le menvatt. Ce dernier esquiva gracieusement l'attaque, fit un pas de côté et planta sa lame dans le dos de son adversaire. Les genoux du représentant flanchèrent et allèrent retrouver la texture spongieuse du gazon. De Trisk porta une main à son dos, à la hauteur de son rein droit, là où la lame avait frappé.

— Achève-moi, idiot! râla-t-il en toisant le menvatt.

Le fait d'être agenouillé devant lui, en position de soumission, le rendait encore plus furieux :

— Qu'est-ce que tu attends!

— Pas tout de suite, répondit le menvatt.

Il sortit un lecteur de courriel holographique, l'activa et le posa devant le représentant. Un violon soliste accompagna la mise en accusation :

« REQUÊTE SPÉCIALE AUTORISATION KR-1045 - L'ORDRE ODI-MENVATT CONTRE ARNAUD DE TRISK », dit une voix de femme. Le visage bleuté qui apparut ensuite au-dessus de l'appareil était celui de John Lithargo.

« *Je tenais absolument à vous dire au revoir, Arnaud,* dit Lithargo sur un ton ironique. *Je vous appréciais beaucoup, vous savez. Dommage que vous ayez choisi de plier l'échine devant l'ennemi. Que s'est-il passé? Que vous ont-ils promis? De vous débarrasser de votre femme?* (Lithargo éclata de rire.) *Allez, il est temps de vous laisser aux bons soins de mon ami. Faites bon voyage, et surtout, saluez les nymphes d'Odi pour moi.»*

Le représentant émit un grognement.

— Ils finiront bien par t'avoir, Lithargo, marmonna-t-il.

Le menvatt éteignit le lecteur et se positionna derrière de Trisk. D'une voix neutre, il dit :

— Condamnation exigée : celle d'Arnaud de Trisk, représentant du Sud, arrondissement Fitzgerald, membre du Cercle Opposite. Crime : désœuvrement. Châtiment : mise à mort.

Il fit ensuite tourner la canne plusieurs fois dans sa main, repéra la partie qu'il voulait atteindre entre les deux omoplates et asséna le coup de grâce.

CHAPITRE 17

Dépendance

C'est en voulant sortir pour aller chercher de la potion EM que le représentant Charles Emhex se rendit compte que la porte de son logis ne répondait plus. Il avait beau passer et repasser devant le capteur, rien ne se produisait. Il donna un coup de pied dans la porte, puis renchérit d'un coup d'épaule.

— Vas-tu t'ouvrir, saloperie !

Il était en manque. Sa dernière dose d'EM remontait à plus de quatre heures. Il devait s'en procurer une très bientôt ; sinon, son sang commencerait à s'épaissir dans ses veines. Il était conscient des risques qu'il courait s'il ne s'injectait pas une dose d'ici les 30 prochaines minutes : une personne sur quatre qui consommait ce maudit poison était terrassée par une thrombose. Il regrettait de ne pas s'être procuré davantage de doses la veille, mais comment aurait-il pu deviner à ce moment que sa fille Stella insisterait pour venir le reconduire après la session des débats à la chambre des délibérations, l'empêchant ainsi de passer chez son fournisseur (comme il le faisait tous les jours en sortant de l'Assemblée) ?

Elle était partie maintenant. Heureusement qu'elle n'avait pas demandé à partager son dîner.

Il n'aurait eu d'autre choix que la foutre à la porte. C'est d'ailleurs devant cette porte qu'il se trouvait en ce moment, impatient qu'elle se libère devant lui.

— Allez! Allez! Allez!

La porte refusait toujours de s'ouvrir. Il se trouvait enfermé à l'intérieur de son logement et cela l'exaspérait au plus haut point.

— Putain de porte! Il ne va pas m'attendre tout la nuit, maugréa-t-il pour lui-même, en parlant de son fournisseur de came.

Comment expliquer qu'elle s'était bien ouverte pour sa fille et pas pour lui? Il y avait à peine cinq minutes que Stella était partie! Ça ne pouvait être qu'un problème électrique. Il essaya de joindre la réception de la tour, mais constata que les piles de ses trois telcoms étaient à plat. Il lança un des appareils à travers la pièce en jurant.

— Seule issue possible : la fenêtre, dit une voix derrière lui. Il ne vous reste plus qu'à sauter et espérer que votre *dealer* vous accueillera à l'arrivée.

Le représentant se retourna. Un menvatt se tenait debout dans un coin du salon. La tête penchée, il était en train de sentir, à travers son nez de clown rond et noir, la marguerite bleue passée à sa boutonnière. Une canne en or scintillait dans sa main droite.

— C'est vous qui avez fait ça? demanda Emhex. C'est vous qui avez mis la porte et les telcoms hors service?

— Nous devons parler, Charles, répondit le menvatt.

— Il me faut une dose, supplia Emhex. Nous parlerons ensuite.

Le menvatt secoua lentement la tête.

— Vous n'aurez pas besoin de cette dose, dit-il en gagnant le centre de la pièce.

Un mélange de peur et d'incompréhension se lisait sur le visage du représentant.

— Vous... vous n'oseriez pas...

— Pourquoi croyez-vous que je suis ici?

— Je n'ai rien fait de mal...

— C'est vrai. Vous n'avez rien fait de mal ni rien de bien. En fait, vous n'avez rien fait du tout.

— Que me reproche-t-on alors?

— Votre inertie.

— Qui... Qui a soumis une requête contre moi?

— L'Ordre menvatt.

Emhex parut surpris.

— L'Ordre menvatt? répéta-t-il. Mais... c'est tout à fait inhabituel.

— Aussi inhabituel que des représentants du Cercle Opposite qui s'acoquinent avec le gouvernement.

— Je... nous n'avons rien fait de tel! tonna, indigné, le représentant.

Le menvatt déposa un lecteur de courriel holographique sur un des fauteuils de cuir qui occupaient le salon.

« REQUÊTE SPÉCIALE AUTORISATION KR-1056 – L'ORDRE ODI-MENVATT CONTRE CHARLES EMHEX. »

Le buste de John Lithargo se matérialisa au-dessus du projecteur, au même moment où un violon entamait l'*Automne*, le concerto numéro trois (en fa majeur, opus 8...) des *Quatre saisons* de Vivaldi :

« *Je suis désolé, Charles, mais nous ne pouvons faire aucune exception. Considérez cela comme une libération. J'ai consulté votre profil prophétique : il ne vous accordait pas plus de six mois. La potion aurait fini par vous tuer de toute façon.* »

L'image en trois dimensions de Lithargo prononça ensuite la condamnation sous le regard défait du représentant.

— Ce n'est pas possible…, murmura celui-ci. J'ai toujours œuvré pour le bien de la population.

— Vous auriez dû continuer, dit le menvatt en s'avançant vers lui.

Il y eut un bruit métallique et une longue et fine lame jaillit de la canne en or.

— Y a-t-il quelque chose que je puisse faire pour éviter ceci ? demanda Emhex avec une touche de désespoir palpable dans la voix. Quelque chose que je peux dire pour vous convaincre de renoncer à me tuer ?

— Non, répondit le menvatt.

Emhex accepta la réponse :

— C'est bien ce que je pensais, dit-il sans cacher son sentiment d'impuissance. Après tout, c'est l'inéluctabilité du châtiment Odi-menvatt qui fait sa force, n'est-ce pas ?

Le menvatt acquiesça, puis leva sa canne à hauteur d'épaule. Un seul coup du poignet lui suffirait pour couper la gorge du représentant. D'un geste sec et prompt, le clown trancha les jugulaires du représentant. Le sang ne gicla pas tout de suite, mais lorsqu'il s'échappa enfin par l'entaille béante, le menvatt fut étonné de voir à quel point il était visqueux.

CHAPITRE 18

Mondanités

Il devait bien y avoir une centaine de représentants invités au banquet donné dans la luxueuse demeure du Grand Coryphée ce soir-là. Parmi eux, Hervé Hash et Albert Conway, respectivement de l'arrondissement Albatown et Wonderland. Ils discutaient tous les deux ensemble, un peu en retrait des autres.

— Vous croyez que la population nous accordera sa confiance ? demanda Hash.

— Les citoyens n'accordent leur confiance aux politiciens qu'en de très rares occasions, Hervé, répondit Conway. Mais assez curieusement, ils finissent toujours par se plier aux volontés de ceux-ci.

— N'ont-ils pas besoin d'avoir foi en leurs institutions ?

— Les citoyens n'ont besoin que d'une chose, dit Conway, être conduits dans des champs luxuriants où ils pourront continuer de bêler et de ruminer en paix. Et il s'avère, mon bon ami, que ces champs se trouvent maintenant... au nord !

Les deux hommes éclatèrent de rire. Ils venaient tout juste de remplir leurs coupes de champagne lorsque le Coryphée fit son entrée dans la salle de réception. Le portail qui donnait sur la façade de la résidence s'était ouvert pour laisser entrer le Grand Coryphée et sa suite. Il était escorté par ses deux plus fidèles conseillers, Donald Bondar et Steven Smiley, ainsi que par dix représentants des arrondissements les plus riches et les plus influents du Cercle Opposite. Une demi-douzaine de gardes accompagnaient la procession. Les Viginti – les 20 plus belles danseuses de joie du Sud (les plus belles, mais aussi les plus discrètes) – fermaient la marche, chacune portant un plateau regorgeant de victuailles. Elles posèrent leur fardeau sur les longues tables de banquet autour desquelles étaient attroupés la majorité des représentants. L'alcool coulait à flot et les invités levèrent leur verre pour saluer l'arrivée de leur hôte.

— Merci! leur dit le Grand Coryphée. Merci à tous d'avoir accepté mon invitation!

Les représentants applaudirent. Certains d'entre eux étaient déjà ivres et renversèrent du champagne sur les tables. Les Viginti se dispersèrent sans tarder dans la salle et proposèrent leur compagnie aux plus éméchés. Elles attendraient la fin de la soirée pour s'attaquer aux plus austères (moment où leurs esprits conservateurs seraient enfin engourdis par l'alcool).

Le cortège s'arrêta au centre de la salle et les gardes se regroupèrent autour du Grand Coryphée. Un micro baladeur vint se positionner devant lui.

— Messieurs, dit-il d'une voix solennelle, c'est avec plaisir que je vous accueille chez moi ce soir. Toutes les personnes présentes dans cette salle constituent des maillons essentiels de notre organisation. Nous avons convenu aujourd'hui, durant nos délibérations, que le Cercle Opposite avait besoin de l'appui de chacun de ses représentants pour convaincre la population de la nécessité d'un rapprochement entre les cités du Nord et celles du Sud. Nous nous sommes tous mis d'accord sur un point : la collaboration entre le Cercle Opposite et le gouvernement légitime engendrera un développement économique sans égal. C'est ce message qu'il faut livrer aux habitants de Mirage et des territoires ! (Applaudissements dans la salle.) C'est en partie grâce à cette éventuelle association que nos gens seront un jour en mesure d'assurer un avenir à leurs enfants, ainsi qu'à leurs petits-enfants ! (Nouvelle vague d'applaudissements.) C'est ensemble que nous avancerons, c'est unis que nous prospérerons, déclara-t-il, comme s'il s'agissait d'un slogan. (Il frappa ensuite dans ses mains.) Mais assez de bavardages ! Faisons plutôt place aux festivités ! Musique, s'il vous plaît !

Quelques secondes s'écoulèrent, mais la musique ne vint pas. La seule chose qui émergea des haut-parleurs fut une courte série de grésillements solitaires.

— Musique ! répéta le Coryphée en réussissant tant bien que mal à camoufler son irritation.

La musique débuta enfin. La pièce qui joua, cependant, n'avait rien à voir avec la valse que le Grand Coryphée avait choisie pour ouvrir la soirée. Il s'agissait plutôt du premier concerto en mi majeur des *Quatre saisons* de Vivaldi. Au son du violon, l'assistance se figea. Tous savaient ce que cette mélodie signifiait. Une voix résonna dans les haut-parleurs. Une voix grave et posée : «*Il n'y aura pas de valse ce soir. Pas plus que les prochains soirs. Jamais plus vous ne valserez, messieurs.*»

Il y eut un déclic dans les haut-parleurs et une seconde voix enchaîna :

«REQUÊTE SPÉCIALE AUTORISATION KR-1112 – L'ORDRE ODI-MENVATT CONTRE LE CERCLE OPPOSITE.»

— Qu'est-ce que c'est que ça ? demanda Conway en posant sa coupe sur une table.

— On dirait bien une condamnation menvatt, répondit Hash.

— Comment ont-ils fait pour parvenir jusqu'ici ?

— Ce ne sont pas des hors-la-loi. Pas encore, du moins. Ils peuvent aller et venir librement dans notre cité.

— Eh bien, espérons que notre association avec Siberfax permettra de remédier à cela.

Les gardes dégaînèrent leur démembreur et resserrèrent leur positon de défense autour du Coryphée. Les conseillers, Bondar et Smiley, se réfugièrent derrière la barrière formée par les gardes. Un profond malaise gagna aussitôt les représentants. Ils prenaient tout à coup conscience de la gravité de la situation. Certains commençaient déjà à repérer les sorties, le regard chargé d'inquiétude.

«*Il n'y a aucune issue possible*, déclara la voix de l'homme. *Le jugement est tombé : vous êtes tous coupables.*»

— Montrez-vous, lâche ! s'écria le conseiller Bondar.

Des cris d'approbation retentirent dans la salle :

— Le conseiller a raison !

— Allez, montrez-vous !

La voix répondit : «*Je n'ai pas à vous montrer mon visage. Vous le connaissez tous : c'est celui qui fait rire les enfants dans les cirques et qui fait peur à leurs parents dans les cauchemars...*»

Un silence de mort régna pendant quelques secondes. Tous imaginaient l'horrible maquillage de clown des menvatts.

— Dépêchons-nous de sortir d'ici! dit finalement l'un des représentants.

— Il faut appeler des renforts! dit un autre.

Les lumières s'éteignirent à ce moment, plongeant la salle dans le noir le plus complet. Les Viginti émirent des petits cris de surprise, alors que les représentants se servirent de jurons pour manifester leur peur et leur mécontentement.

— Il n'y a pas d'éclairage d'appoint dans cette foutue baraque? maugréa un représentant.

— Le portail est par là-bas. Allons-y.

— Attention!

— Poussez-vous de là, bon sang! Vous allez me faire trébucher.

Un mouvement de foule s'amorça alors vers le portail et les hautes fenêtres qui donnaient sur le verger. Chacun se frayait un chemin à tâtons, dans la cohue la plus totale. Un puissant grondement résonna au-dessus d'eux et le plancher se mit à trembler.

— Qu'est-ce que c'est que ça?

— On dirait le bruit d'un réacteur S.P.E.E.K.

— Ça vient de l'extérieur...

Une lumière éclaira soudain la cour arrière, ainsi qu'une partie du verger. Elle ne pouvait provenir que d'un projecteur situé en altitude. Le rayon entrecoupa le paysage nocturne en plusieurs endroits, puis traversa les hautes fenêtres et vint balayer une partie de la salle.

— Reculez! Reculez tous! ordonna une voix (certains reconnurent celle du conseiller Smiley). Éloignez-vous des fenêtres!

Aucun des représentants n'eut le temps de réagir à cet ordre; à peine quelques secondes s'écoulèrent entre le moment où le rayon du projecteur se fixa sur le Coryphée et ses gardes et celui où le jet S.P.E.E.K. pénétra dans la salle, fracassant chacune des fenêtres au passage. Une pluie de verre et de débris s'abattit sur les convives. Il y eut des cris et des hurlements. On n'arrivait plus à distinguer les voix d'hommes de celles des femmes, qui s'entremêlaient dans une clameur terrifiée. Le jet tangua légèrement et se positionna au-dessus de l'assemblée. Le tumulte fut rapidement couvert par le vrombissement assourdissant des réacteurs. Les gardes tirèrent à plusieurs reprises sur le fuselage. En vain. Le bouclier était activé.

— Ils ont piraté l'ordinateur central de la résidence! hurla l'un des domestiques. Les portes ne répondent plus.

— Nous sommes pris au piège! Toutes les sorties sont condamnées!

Hash et Conway coururent s'abriter derrière le bar. De là, ils purent observer le jet qui essayait tant bien que mal de stabiliser son assiette. L'espace était beaucoup trop restreint pour un engin de ce genre. Il risquait à tout moment de heurter le plafond ou les murs. Les gens en dessous le comprenaient aussi, et tentaient par tous les moyens de s'en éloigner, mais il y avait peu d'endroits où se réfugier. Certains tentèrent de s'échapper par l'ouverture béante laissée par le jet lors de son irruption dans la pièce, mais des rafales de démembreurs provenant de l'extérieur leur barrèrent la route.

— Les salauds! dit Conway.

Le jet vacilla dangereusement au-dessus de leurs têtes.

— C'est terminé! déclara Hash, juste avant que l'appareil ne dévie sur sa droite, arrachant une partie du mur avec son aileron.

Les réacteurs du jet s'éteignirent brusquement. Le court silence qui s'ensuivit n'avait rien de rassurant. L'appareil oscilla encore quelques instants, puis alla s'écraser lourdement au sol, pulvérisant une cinquantaine d'invités sous son fuselage. Il y eut un grondement sourd, puis une déflagration retentit, qui souffla l'entière résidence, tuant chacune des personnes encore vivantes qui s'y trouvaient, des dignitaires aux domestiques. Conway fut le dernier à mourir. Le tourbillon de flammes qui roula devant ses yeux ressemblait à s'y méprendre aux traits riants d'un clown.

CHAPITRE 19

Alec O'Connor

Lithargo désactiva l'instrument de téléguidage qui lui avait servi à opérer le jet S.P.E.E.K. et commanda le repli des hommes. Thibey acquiesça, puis répéta l'ordre : les menvatts se dépêchèrent de désassembler leurs armes à longue portée, puis rejoignirent le jet cargo qui les attendait au sommet de la montagne. L'appareil de transport recueillit les 20 hommes et décolla aussitôt. Il survola le contrefort depuis lequel Lithargo avait dirigé les opérations et fonça au Sud.

Lithargo regarda le cargo s'éloigner, puis saisit son telcom et appela Gramal :

— C'est le moment, annonça-t-il simplement.

— Compris, répondit la voix de Gramal avant de mettre fin à la communication.

Un jet quadriplace apparut dans le ciel peu de temps après. Il fit un tour de repérage avant de se poser non loin de l'endroit où se trouvaient Lithargo et Thibey. L'accès au cockpit se libéra dès l'extinction des réacteurs et Gramal sortit de l'appareil. Il aida ensuite un vieil homme barbu à s'extraire de l'habitacle. Il s'agissait du représentant Alec O'Connor, de l'arrondissement Mohandas. Gramal lui offrit son bras et ils se dirigèrent lentement vers les deux menvatts. Ils ne s'arrêtèrent qu'une fois parvenus au bord de la falaise. Un épais nuage de fumée noire assombrissait l'horizon devant eux.

— Regardez, ordonna Lithargo en s'adressant au vieil homme.

O'Connor obéit et baissa les yeux; en contrebas, au nord du grand verger, il discerna la résidence du Grand Coryphée. Elle était dévorée par les flammes.

— Voilà ce qui reste du Cercle Opposite, déclara Lithargo.

Le vieil homme secoua la tête.

— C'est une erreur, dit-il. Vous n'auriez pas dû faire ça.

— Nous n'avions pas le choix, dit Lithargo.

O'Connor se tourna vers lui et le fixa.

— Pas le choix? Les gens qui croient n'avoir aucun choix sont toujours dangereux, dit-il.

— Dangereux, je le suis, répondit Lithargo.

— Êtes-vous conscient qu'après ce soir, Roddlar Siberfax n'aura plus à justifier l'envoi de troupes au Sud?

— Nous le sommes, confirma Tom Thibey.

— Et cela vous convient?

— Oui, monsieur.

— Qu'espérez-vous au juste? Que la population se soulève?

Thibey acquiesça.

— Vous vous trompez : elle ne le fera pas, dit O'Connor.

— Elle ne le fera pas aujourd'hui, dit Lithargo. Mais demain, peut-être.

— Il faut des années pour organiser une résistance.

— Des années, nous en avons, dit Thibey.

Le regard du vieux O'Connor se tourna de nouveau vers la vallée.

— Pourquoi m'avoir épargné?

— Il ne faut pas seulement résister à l'occupation militaire, affirma Lithargo, mais aussi contrer le gouvernement légitime.

— Vous avez besoin de moi pour ça?

— À partir de maintenant, vous agirez à titre de premier ministre, répondit Lithargo.

— Premier ministre?

Thibey approuva.

— Les menvatts vous aideront à mettre sur pied un gouvernement parallèle, déclara-t-il. Vous et les hommes que vous choisirez pour vous seconder devrez quitter les territoires du Sud d'ici un mois pour atteindre les montagnes de l'Est. Vous établirez le siège du nouveau gouvernement là-bas. Le maquis oriental nous a déjà donné son appui. Les maquisards supporteront toute action de notre part contre le gouvernement du Nord.

— Les menvatts Honorés ont approuvé cette initiative?

— Pas tous, non, dit Lithargo.

— Vous avez donc agi de votre propre chef, sans avoir obtenu le consentement du conseil de l'Ordre?

— C'est exact.

— Les Honorés ne laisseront jamais passer une telle chose : ils vous banniront des territoires du Sud.

— Alors, ils devront bannir plus de la moitié d'entre nous.

Il y eut un silence.

— Pourquoi avoir fait cela ? demanda O'Connor. Les menvatts n'ont jamais été reconnus pour leur ardeur patriotique !

— Les livres d'histoire diront que nous avons agi par intérêt pécuniaire. Ils prétendront que les visées de Siberfax nuisaient au business menvatt.

— Et ils auront raison ?

Lithargo attendit quelques instants avant de répondre.

— Si les menvatts n'ont pas été exécutés sur la place publique après la prise de pouvoir de la maison des Siberfax, dit-il finalement, c'est seulement grâce au support de la population. Les citoyens se sont levés, ils ont brandi armes et poings pour nous éviter la mort. Nous leur sommes redevables. Le Sud est aujourd'hui l'un des territoires les plus pauvres du continent. Nos gens travaillent comme des forçats pour arriver à subvenir aux besoins de leur famille. Pourquoi l'argent n'est-il investi qu'au Nord et à l'Ouest ? Je vais vous dire pourquoi : ce sont des représailles. On punit les habitants du Sud parce qu'ils ont un jour osé se soulever contre le sacro-saint gouvernement. Faites-moi confiance, ça ne se reproduira plus. Lorsque la population se soulèvera à nouveau contre Siberfax, elle sera soutenue par une autorité qui aura ses intérêts à cœur et qui aura le courage de parler et de négocier en son nom.

— Alors, vous souhaitez réellement ramener le gouvernement illégitime ? fit O'Connor.

— C'est la seule option possible, répondit Thibey. Nous le devons à la population.

Le vieux O'Connor soupira :

— C'est pour cette raison que vous vous attaquez à Siberfax? Pour rembourser votre dette à la population? Il ne vous est jamais venu à l'idée que les représentants que vous avez assassinés faisaient eux aussi partie de cette population qui vous supporte depuis toutes ces longues années?

— Ils ont cessé d'en faire partie le jour où ils ont décidé de coopérer avec l'ennemi.

— Je suis convaincu que les représentants du Sud auraient fini par entendre raison, protesta O'Connor. Jamais ils n'auraient permis qu'on éradique l'Ordre menvatt.

— Alors, ça signifie que vous êtes naïf et que nous nous sommes trompés sur votre compte, répliqua Lithargo. Les menvatts et les meschikhâs ont toujours constitué une menace pour Siberfax. C'est en partie pour cette raison qu'il désire envoyer une force d'occupation au Sud. Il veut tous nous éliminer, jusqu'au dernier. Il veut réussir là où tous les autres princes guerriers ont échoué.

— Vous êtes trop peu nombreux pour représenter une réelle menace. Pourquoi souhaiterait-il à ce point votre disparition?

Lithargo s'impatienta :

— Accepterez-vous de nous aider à former ce gouvernement, oui ou non?

— Que ferez-vous si je refuse? Vous allez me tuer, comme tous les autres?

— C'est possible, dit Lithargo. Mais honnêtement, je ne crois pas que vous refuserez.

— Et pourquoi donc?

Lithargo lui sourit et O'Connor se demanda si c'était là une manifestation de satisfaction ou de mépris.

— Parce que vous êtes un homme du peuple, répondit Lithargo. Et que dans les prochains mois, ce même peuple aura besoin de vous plus que jamais.

O'Connor inspira profondément.

— Je n'ai jamais agi sous la menace, dit-il.

Lithargo opina du chef.

— Menace il y a, dit-il. Mais elle ne vient pas de nous.

— Je regrette : pour le moment, elle vient bel et bien de vous.

Lithargo se mit à rire.

— Vous pensez comme un politicien, dit-il.

Le représentant encaissa le coup sans broncher. Il réfléchit un moment, puis dit :

— Je formerai ce gouvernement. Mais uniquement pour donner espoir aux pauvres gens qui auront à subir les conséquences de vos actes.

Le vieil homme les regarda tour à tour, puis se retourna. Les mains jointes derrière le dos, il marcha lentement vers le jet S.P.E.E.K. Les trois menvatts lui emboîtèrent le pas en silence.

CHAPITRE 20

Mes maîtres et moi

Après avoir préparé et servi le dîner, Elie termina de nettoyer la salle de bains et rangea un peu le logement. En fin de soirée, une fois ses tâches dûment accomplies, elle alla s'étendre sur son lit et prit un des livres que Kristo lui avait prêtés.

— Ils permettent aux femmes de lire au Sud?

Elle leva les yeux. Utah se tenait dans l'embrasure de la porte.

— Entre autres, oui, répondit-elle.

— Étonnant.

— Quel sort réserve-t-on aux femmes du Nord lorsqu'elles sont prises à lire? lui demanda Elie, sur un ton ironique. On les emprisonne?

Elle regretta aussitôt ses paroles. Cet homme était son maître, après tout; il avait le pouvoir de mettre fin à son contrat à tout moment.

— On les réexpédie chez leurs parents, répondit Utah.

Elie sut à ce moment qu'Utah n'hésiterait pas à la renvoyer au Sud dès que l'occasion se présenterait. S'il ne l'avait pas encore fait, c'était sans doute à cause de Kristo.

— Pourquoi ne m'aimez-vous pas, monsieur? lui demanda-t-elle.

— On se lève lorsqu'on s'adresse à son maître, dit-il froidement.

Il avait raison. Gênée d'avoir été prise en défaut, Elie posa son livre sur le lit et se leva.

— Tu m'as posé une question ?

Elle hocha la tête.

— Pourquoi ne m'aimez-vous pas ? répéta-t-elle sur un ton beaucoup moins confiant.

Il la toisa un moment, sans répondre à la question.

— Ai-je fait quelque chose de mal ?

Utah n'eut aucune réaction. Il fit demi-tour, puis s'éloigna. Elie le suivit dans le couloir.

— Vous ne m'avez pas répondu !

Encore une fois, elle aurait dû se taire. Son audace finirait un jour par lui coûter cher, et elle le savait. Utah s'immobilisa, mais ne se retourna pas.

— Que dois-je faire pour vous satisfaire ?

Elle le vit baisser la tête.

Répondez ! Mais répondez donc ! Elle imagina soudain les traits de l'homme, détendus et impassibles. Kristo apparut dans le salon à cet instant. Il ne portait qu'une serviette autour des hanches. Une odeur fraîche de savon traversa le couloir et parvint jusqu'aux narines d'Elie.

— Rien de tel qu'un bon bain avant de se mettre au lit, leur dit-il à tous les deux.

Il les examina à tour de rôle. Comme ni l'un ni l'autre ne réagissait à ses propos, il ajouta :

— Qu'est-ce qui se passe ? Vous faites une de ces têtes…

Utah reprit sa marche et alla rejoindre Kristo dans le salon.

— Alors ? fit ce dernier.

Utah garda le silence. Il contourna son colocataire et bifurqua vers la salle à manger. Kristo suivit
sa progression des yeux, puis reporta son regard sur
Elie, dans l'espoir qu'elle lui fournisse une réponse.
L'arcuride le salua d'un timide signe de tête puis
retourna dans sa chambre, sans dire un mot. Elle
entendit Kristo s'adresser à Utah :

— Tu lui fais encore des problèmes, n'est-ce pas ?

Depuis son arrivée, Elie n'avait passé que très
peu de temps en compagnie de ses deux maîtres,
mais elle croyait en savoir suffisamment sur Kristo
pour supposer qu'il viendrait discuter avec elle de
l'incident. Elle ne se remit pas au lit tout de suite,
guettant la venue de son maître d'une oreille atten-
tive. Et comme elle l'avait prévu, il cogna à sa porte
– qui n'était pas entièrement fermée, d'ailleurs (avait-
elle fait exprès de la laisser entrouverte ?).

Elle lui dit d'entrer. La serviette était toujours
enroulée autour de sa taille et son corps dégageait
encore cette apaisante odeur de propreté. Elle remarqua pour la première fois à quel point il était
costaud ; ses muscles étaient découpés à la perfec-
tion, comme si chacune des stries avait été façon-
née dans un moule. Ses épaules étaient larges et
puissantes et ses jambes d'athlète soutenaient son
corps comme deux colonnes de panthéon grec. Elie
baissa les yeux à plusieurs reprises pour tenter de
briser l'état hypnotique dans lequel elle se trouvait.
En vain. Son regard revenait sans cesse se poser sur
le corps de l'homme, attisant la chaleur qui avait
pris naissance dans son bas-ventre au moment où
Kristo était entré dans la chambre. Cette agréable

fièvre s'était maintenant répandue dans tout son corps et empourprait son visage.

Kristo constata le trouble de la jeune femme et réalisa qu'il se trouvait dans la chambre de celle-ci, à moitié nu. Le lit, situé au centre de la pièce, lui parut soudain énorme, tellement énorme qu'il semblait occuper tout l'espace. On ne pouvait y échapper : il s'agissait presque d'une invitation à s'y vautrer... en bonne compagnie. Il chassa rapidement cette idée de son esprit.

— Tout va bien ? lui demanda-t-il. Je... Tu préfères que je revienne plus tard ?

Elle fit non de la tête.

— Je peux aller m'habiller, tu sais, et revenir...

— Maître Utah ne m'aime pas beaucoup, je pense, dit-elle. Vous savez pourquoi ?

Kristo resserra la serviette autour de ses hanches ; il ne manquerait plus qu'elle se relâche et tombe à ses pieds.

— Ne le prends pas de manière personnelle, Elie. Utah est comme ça : il n'aime personne et personne ne l'aime.

La jeune femme soupira.

— J'ai peur qu'il décide de signer mon renvoi...

Kristo eut envie de s'avancer pour la rassurer d'un geste, mais se ravisa : sa tenue ne favorisait pas les rapprochements (*ou au contraire*, songea-t-il, *peut-être les favorise-t-elle un peu trop !*)

— Rien ne l'en empêche, vous savez, ajouta Elie.

— Ne t'inquiète pas, lui dit-il. Il ne fera rien de tel. Pas tant que je serai ici.

Elle lui sourit tendrement. Pendant un instant, Kristo eut l'impression que sa jeune servante allait se jeter sur lui.

Pourquoi? Pour m'embrasser?

— Je vous aime bien, maître Kristo, dit-elle. Vous êtes gentil.

Il hésita un moment, pris au dépourvu devant cette soudaine déclaration – déclaration qui n'avait rien de bien compromettant, en fait. Mais pourquoi, alors, se sentait-il aussi embarrassé?

— Euh… mais moi aussi, finit-il par dire. Moi aussi, je t'aime bien, Elie.

Il sentit monter son désir et comprit qu'il aurait bien du mal à le camoufler sous sa serviette légère. Partir, c'était la seule chose raisonnable à faire.

— Je dois aller revêtir quelque chose, dit-il en se retournant de façon précipitée (juste avant que le grand mât ne se lève).

— Vous partez?

— Oui, dit-il en franchissant la porte.

— Bonne nuit, alors.

— Bonne nuit, Elie. À demain.

Il quitta la chambre de la jeune femme et prit aussitôt la direction de la sienne. Elie alla fermer la porte, puis retourna dans son lit. Elle se glissa entre les draps et reprit sa lecture là où elle l'avait laissée.

CHAPITRE 21

À la guerre
comme à la guerre

Au petit matin, Tendac convoqua les membres du conseil spécial dans le bureau du premier ministre Siberfax.

— Nous ne pouvons plus attendre maintenant, déclara Gemini Hicks, après avoir pris connaissance des derniers développements. Il faut réagir !

— Je crois que le ministre de la Défense a raison, dit l'arc-colonel Dessler. Nous ne pouvons laisser passer une telle occasion.

— Qu'en pensent les gens du Sud ? demanda le premier ministre.

C'est Tendac qui répondit :

— Le sondage éclair que nous avons commandé cette nuit révèle que la population accorde toujours sa confiance aux menvatts. À peine 15% d'entre eux souhaitent une intervention rapide du gouvernement.

— Les citoyens du Nord et de l'Ouest ont peur, dit Hicks. Il nous faut prendre des mesures dès aujourd'hui pour les rassurer.

— Le Cercle Opposite de l'Est appuiera-t-il les menvatts ? demanda le ministre de l'Information.

— Jamais, répondit Fidel Vega, le ministre des Territoires. Ce serait un suicide politique.

— En revanche, le maquis oriental leur offrira certainement l'asile, dit l'arc-général Leander Furio. Les montagnes de l'Est sont bien protégées et difficiles d'accès. L'endroit rêvé pour un rassemblement de francs-tireurs.

Il y eut un silence, qui permit à tous les dignitaires présents de mesurer la gravité de la situation. Gemini Hicks fut le premier à reprendre la parole. Il déclara :

— Si le maquis de l'Ouest s'allie aux Odi-menvatts, j'ai bien peur que ce soit de nouveau la guerre entre le Nord et le Sud, messieurs.

Le premier ministre Siberfax acquiesça sans gêne :

— Si c'est une guerre qu'il faut pour nous débarrasser de ces salauds de clowns vengeurs, et bien soit ! Annoncez aux arcurides qu'ils auront à nouveau le privilège de se battre pour leur prince guerrier !

CHAPITRE 22

« Presque personne n'est assez pur de péchés pour ne pas mériter un châtiment »

VICTOR HUGO

Après la rencontre, le premier ministre se retrouva seul dans son bureau. On cogna à la porte quelques minutes plus tard. C'était un jeune arcuride nommé Utah. Il transportait un colis destiné à Siberfax.

— Il a passé tous les contrôles de sécurité, monsieur, déclara Utah.

— Parfait, merci ! répondit le premier ministre lorsque le colis se trouva devant lui, sur son luxueux bureau en marbre blanc. Ne partez pas tout de suite, ajouta-t-il à l'intention de l'arcuride. Il se peut que j'aie besoin de vous.

Utah acquiesça et se posta derrière Siberfax, qui s'empressa d'ouvrir le colis.

— Un lecteur de courriel, constata-t-il.

Il y avait une cartouche fichée à l'intérieur du ventre de l'appareil. Il appuya sur le bouton de mise en marche et le lecteur commença la projection.

Il fut étonné de voir apparaître devant lui un visage de clown. Il ne reconnaissait que trop bien ce grimage. C'était celui des Odi-menvatts.

«*Bonjour, honorable premier ministre*», dit le clown en souriant. Ses petites dents pointues luisaient sous la lumière de l'enregistreur. «*Ici John Lithargo. Je peux comprendre votre déception. Oui, je suis toujours vivant.* (Siberfax serra les poings sous son bureau.) *Il y a quelques semaines, vous avez piégé mon père. Vous lui avez implanté un détonateur cardiaque pour l'obliger à me trahir.* (Le clown marqua un temps.) *Ce n'était pas très gentil. Il est aujourd'hui temps de payer, de rembourser votre dette, d'être puni. Vous savez, Siberfax, je me suis souvent demandé pourquoi vous vous acharniez sur moi et sur tous les autres Odi-menvatts. Et j'ai compris un jour que c'est parce que vous aviez peur de nous, et en particulier de moi. Mais pourquoi une si grande crainte? Auriez-vous quelque chose à vous reprocher? Redouteriez-vous par hasard les sanctions menvatts? Quelqu'un voudrait-il se venger de vous? J'ai fait des recherches. De longues et pénibles recherches. J'ai découvert que vous n'aviez pas toujours été politicien, mon cher. Il fut un temps où vous pratiquiez un tout autre métier. À 25 ans, quel était le nom que vous utilisiez pour commettre vos crimes?*»

Des gouttes de sueur commençaient à perler sur le front du Siberfax. La projection holographique de Lithargo poursuivit :

«*Roddlar Siberfax, quel nom stupide, pas vrai? Vous l'avez choisi vous-même? Ne préféreriez-vous pas Aldo? Aldo le tortionnaire? Vous devez me donner les coordonnées du recycloderme qui vous a refait le visage. Il a vraiment fait du beau travail. À propos de travail, combien d'innocentes victimes avez-vous faites, Aldo, lorsque vous pratiquiez la torture pour le gouvernement? Combien d'hommes et de femmes avez-vous agressés ou tués pour leur soutirer des informations? Lorsque je vous mettrai enfin la main dessus, j'aurai l'impression de faire d'une pierre deux coups. Oui, parce que vous me devez beaucoup, Siberfax. Mon père, avant de mourir, a fait allusion à un deuxième détonateur. En fait, le vieux ne protégeait pas sa vie lorsqu'il a collaboré avec vous, mais celle de ma petite fille. Il savait que s'il parlait, que s'il me prévenait de votre intervention, le détonateur ferait exploser son vieux cœur et transmettrait aussitôt un signal au deuxième détonateur, afin que le cœur de ma fille éclate à son tour.* (Il s'arrêta.) *Je n'arrive pas à croire que vous ayez osé faire ça à une petite fille de six ans. Six ans, espèce de salaud! Mais ne vous inquiétez pas, la petite ne court plus aucun risque à présent. J'ai réussi à interrompre le signal... en tuant mon père.*

Siberfax mit un terme à la projection. Il était trempé de sueur. Il s'adressa à l'arcuride derrière lui :

— Détruisez la cartouche, ainsi que le lecteur.

— Pas question, répondit Utah.

Siberfax se retourna aussitôt. L'arcuride agrippa le premier ministre par les cheveux et lui enfonça un détonateur cardiaque dans la bouche.

— Il appartenait au père de John Lithargo, dit l'arcuride. Mords bien dedans!

Siberfax tenta de se débattre, mais fut rapidement immobilisé par un ligoteur magnétique, que le jeune Utah avait déployé sur lui. L'arcuride se pencha alors vers Siberfax et le fixa droit dans les yeux. Les traits du premier ministre se figèrent et il se mit à pâlir. Il tenta de se soustraire au ligoteur, en vain : il n'avait ni l'agilité ni la force d'un menvatt.

— C'est l'inéluctabilité du châtiment Odi-menvatt qui fait notre force ! murmura Utah à l'oreille de Siberfax. C'est nous qui allons gagner la guerre, car nous sommes partout ! Gloire à Odi !

Utah s'assura que les liens du ligoteur tiendraient le coup suffisamment longtemps, puis s'éloigna. Avant de quitter le bureau, il jeta un dernier regard à Siberfax et éclata d'un grand rire sonore. Il rit comme jamais auparavant dans sa vie : un rire caustique, sardonique, à la limite de la folie, qui dura plusieurs secondes.

Utah finit par sortir du bureau, mais sans pouvoir contenir son hilarité. *Sale traître!* aurait voulu lui crier Siberfax, mais il était incapable d'articuler le moindre son. Il se retrouva seul avec le tic-tac du détonateur cardiaque, qui résonna encore pendant quelques secondes à l'intérieur de sa bouche avant de s'arrêter complètement. Sachant ce qui l'attendait, le premier ministre ferma les yeux et serra les poings. L'explosion fit éclater sa mâchoire, puis son crâne, répandant aussitôt sa cervelle sur les murs. L'instant d'après, le lecteur de courriel holographique se remit en marche : l'appareil fit apparaître, au-dessus de son projecteur, un horrible visage de clown, celui de John Lithargo. Sous la projection de Lithargo défilait un message : «REQUÊTE SPÉCIALE

AUTORISATION KR-1066 – L'ORDRE ODI-MENVATT CONTRE RODDLAR SIBERFAX – REQUÊTE SPÉCIALE AUTORISATION KR-1066 – L'ORDRE ODI-MENVATT CONTRE RODDLAR SIBERFAX... » Le message fut suivi d'un prononcé de sentence, énoncé par Lithargo lui-même : « *Condamnation exigée : celle du très honorable Roddlar Siberfax, premier ministre du Cinquième continent. Crime : cruauté. Châtiment : mise à mort.* »

« *Quand les clowns ont fait beaucoup rire,*
ils jouent du violon... »

Francis Veber

LA SÉRIE

Les clowns vengeurs : une formidable série de science-fiction qui met en scène les Odi-menvatts, ordre secret de tueurs à gages, désignés sous le nom macabre de clowns vengeurs.

Pourchassés par le gouvernement légitime, assimilés à une faction rebelle à l'autorité gouvernementale, les clowns vengeurs exercent leur mission avec une rare dévotion, revêtant leurs sordides habits et leur terrifiant maquillage de clowns avant d'exécuter les victimes qui leur ont été désignées.

Une série à multiples mains, qui regroupe les plus talentueux auteurs issus de différents genres (science-fiction, fantasy, etc...), qui prêtent, avec un plaisir communicatif, leur plume à ce grand projet, tout droit sorti de l'esprit de l'auteur d'*Arielle Queen*, de *Soixante-Six* et de *Wendy Wagner*...

EXTRAIT DU PROCHAIN TOME,
LA VOLONTÉ D'ODI...

par Mathieu Fortin

Chapitre 1

Carnet de bord de Kholl Tran : Le début de mon histoire

L'histoire que je vais te raconter est un peu la tienne, et commence un peu avant ta naissance.

En fait, je mens, car elle remonte plus loin que ça. Oserais-je dire qu'elle débute avec ma propre venue au monde ?

Tu vois, je suis né dans les îles au sud du Cinquième Continent. Là se trouve un archipel, appelé îles Antahnman. La plus grande de ces îles est une presqu'île reliée à la côte par une lagune de sable blanc, longue d'une soixantaine de kilomètres et large d'à peine dix mètres. Ensuite, une vingtaine d'îlets apparaissent dans la mer, de tailles et de forme variées, la plupart trop petits pour accueillir plus d'une dizaine de maisons.

Nous vivions là, ma famille et moi, loin du Parlement, des arcurides, des technologies modernes et même des adeptes d'Odi. Pêcheurs depuis des temps immémoriaux, n'ayant jamais connu d'ennuis, nous extirpions des eaux profondes les crustacés qui font fureur dans Mirage-Nord et que nous vendions à prix d'or. Normal, car nous en pêchions à peine un ou deux par semaine, tellement ils étaient difficiles à dénicher.

Étrangement, depuis que j'habite dans le Nord, je n'ai jamais vu, dans quelque marché, de ces crustacés. Ni à Mirage ni à la Cité Blanche. Ils doivent être consommés par des riches qui les achètent directement de la compagnie qui nous en offrait de faramineux montants.

Le récit de ma vie aurait été tout autre si, à dix ans, je n'avais pas croisé mon premier menvatt. Je l'ai vu pénétrer dans la maison par la porte avant, vêtu de son long manteau noir et de son chapeau de feutrine à larges bords. J'étais sorti sur le quai en espérant attraper un ou deux poissons. Comme le soir était tombé, j'éclairais la surface de l'eau avec une petite lampe de poche. Quand le menvatt est arrivé, j'ai entendu un léger chuintement dans l'air. J'ai compris par la suite qu'il s'agissait des réacteurs de son S.P.E.E.K. qui freinaient sa descente. Sur le moment, son apparition m'a surpris et terrifié. Chez moi, on racontait que les menvatts, les clowns vengeurs, venaient s'occuper des enfants turbulents ou de ceux qui ne dormaient pas après 21 heures. Je ne le croyais pas, mais ce soir-là, j'ai appris que les menvatts n'étaient pas des croquemitaines de contes.

Pétrifié, j'ai cessé de pêcher et j'ai tendu l'oreille. Par réflexe, j'ai dégainé mon petit couteau à la lame d'acier, celui que j'utilisais pour vider les poissons. Nous n'avions pas assez d'argent pour que je possède un ciseleur moléculaire : nous n'avions même pas de miroir holoréflétant, ni même d'holoprojecteur. Notre seul outil technologique était le bateau de pêche, d'un modèle déjà vétuste : mon grand-père l'utilisait dans sa jeunesse à lui, avant l'arrivée du gouvernement illégitime des menvatts et le début de la guerre entre les arcurides, du gouvernement légitime, et des clowns vengeurs.

Une vive discussion a éclaté entre mon père et l'Odi-menvatt. Le clown a parlé d'une requête émanant de notre voisin, qui arguait depuis des mois que mon père lui volait ses meilleures prises en opérant sur son territoire de pêche, alors que nous savions très bien que les zones n'étaient pas fermées et que rien n'interdisait à mon père de pêcher là où il le désirait.

Mais le menvatt a répondu d'une voix atone qu'il avait été payé et qu'il devait procéder à l'exécution de la requête. Il a expliqué que la famille pourrait placer une requête en réponse, si la vengeance demandée était considérée comme injuste. Le Grand Conseil d'Odi déterminerait ensuite quel dédommagement méritait l'exécution d'une demande injustifiée. Sinon, il invalidait tout bonnement la requête en réponse et fermait le dossier.

Il y a eu un minime instant de silence, presque rien, et le bruit du corps de mon père, heurtant lourdement le sol, m'a fait sursauter.

Ma mère s'est mise à crier et j'ai vu, par la fenêtre de la cuisine, qu'elle avait sauté sur le clown vengeur et le rouait de coups. Le menvatt l'a maîtrisée en un tournemain et lui a dit, en scandant chaque syllabe : « Je n'ai pas de requête demandant votre exécution, mais, par le tout-puissant Odi, vos mains sur moi sont un sacrilège. »

J'ai vu le menvatt lever sa canne et l'appuyer contre le corps de ma mère. Elle est tombée au sol comme un pantin désarticulé.

Je ne bougeais pas, de peur qu'il m'aperçoive ou m'entende. Il est sorti de la maison et m'a remarqué. Il s'est avancé à grands pas, avec ses souliers aux bouts arrondis et gonflés, son sourire triste, son maquillage peignant des lèvres démesurées, surlignées de rouge et de blanc, ses deux cercles rouges sur les joues, et ses sourcils en accents circonflexes. Son nez de clown, couleur du sang, reflétait la lumière de la lune et ses petites dents pointues brillaient dans le noir, d'une inquiétante lueur phosphorescente.

Je me souviens qu'il m'a parlé. « C'était tes parents ? » qu'il m'a demandé. J'ai répondu « Oui » d'une voix ténue. Il m'a répondu qu'il ne me blesserait pas. Je l'ai regardé avec bravade et j'ai levé mon couteau. Je me suis élancé en criant, comme une bête sauvage, mais que pouvais-je contre un homme entraîné à tuer ? Il a souri, cette fois avec sincérité, et m'a asséné un coup de canne sur la tempe.

Quand je me suis réveillé, j'étais attaché dans son jet S.P.E.E.K. et il m'a dit qu'il avait mis le feu à la maison de mes parents. Je lui ai demandé pourquoi il avait fait tout ça et il a appuyé sur un bouton. Devant moi, un disque projecteur holo s'est allumé. Ce n'était pas la première fois que j'en voyais un : l'un des frères de maman était venu en visite, une fois, et nous avait montré cette technologie.

Cette fois-ci, j'ai reconnu le visage de mon voisin, rouge de colère, qui s'est matérialisé dans le vide. Je me souviens encore des paroles qu'il a prononcées :

« C'est mon beau-frère qui vit au nord qui m'a suggéré de faire appel à vous pour vous occuper de mon voisin. Il empiète toujours sur mon territoire de pêche et il me vole mes meilleures prises. Je réclame vengeance et je veux qu'il paye pour sa tricherie. »

Le menvatt m'a dit qu'une fois la requête enregistrée par l'Ordre Odi-menvatt, un clown était joint et qu'il était alors trop tard pour reculer. Et que les menvatts ne tuaient pas à la légère : ils obtenaient un permis d'élimination délivré par le gouvernement illégitime, après une longue formation.

Il a terminé en me confiant qu'il ne m'avait pas tué parce que les moines de la Cité Blanche, dans le Nord, avaient toujours besoin de recrues.

Et que les orphelins étaient mieux traités au monastère que dans la rue.

Je me rappelle, je n'ai pas entendu ce qu'il racontait ensuite : je venais de réaliser que j'étais orphelin.

Un Odi-menvatt avait tué mes parents.

La première édition
du présent ouvrage publié par
Les Éditions Porte-Bonheur
a été achevée d'imprimer
au mois de mars de l'an 2012
sur les presses de l'Imprimerie Lebonfon
à Val d'Or (Québec).